Translated Language Learning

Alice's Adventures in Wonderland

Alices äventyr i Underlandet

Lewis Carroll

English / Svenska

Down the Rabbit Hole
ner i kaninhålet

Alice was beginning to get very tired
Alice började bli väldigt trött
she was sitting by her sister on the grass bank
Hon satt bredvid sin syster på gräsvallen
but she had nothing to do
Men hon hade inget att göra
her sister was reading a book
Hennes syster läste en bok
once or twice Alice peeped into the book
en eller två gånger kikade Alice in i boken
but the book had no pictures or conversations in it
Men boken innehöll inga bilder eller konversationer
"what use is a book without pictures?," thought Alice
"Vad är det för mening med en bok utan bilder?", tänkte Alice
"why would a book have no conversations?"
"Varför skulle en bok inte ha några samtal?"
but she had other things to consider
Men hon hade annat att tänka på

"making a chain of daisies would be a pleasure"
"Att göra en kedja av prästkragar skulle vara ett nöje"
"but is it worth the effort of getting up and picking the daisies??"
"Men är det värt besväret att gå upp och plocka prästkragarna??"
this was not so easy to think about
Det var inte så lätt att tänka på
because the day was making her feel sleepy and stupid
För dagen fick henne att känna sig sömnig och dum
but suddenly her thoughts were interrupted
Men plötsligt avbröts hennes tankar
a White Rabbit with pink eyes ran close by her
en vit kanin med rosa ögon sprang tätt intill henne

There was nothing overly remarkable about the rabbit
Det var inget överdrivet märkvärdigt med kaninen
and Alice did not think the rabbit remarkable either
och Alice tyckte inte heller att kaninen var märkvärdig
nor did it surprise her when the Rabbit spoke
Inte heller förvånade det henne när Kaninen talade

"Oh dear! I shall be too late!" he said to himself
"Kära nån! Jag kommer för sent!» sade han till sig själv
but then the Rabbit did something that rabbits didn't do
men sedan gjorde Kaninen något som kaniner inte gjorde
the Rabbit took a watch out of its waistcoat-pocket
Kaninen tog upp en klocka ur västfickan
he looked at the time and then hurried on
Han tittade på klockan och skyndade sedan vidare
Alice got to her feet, in amazement
Alice reste sig förvånat
she had never seen a rabbit with a waistcoat before!
Hon hade aldrig sett en kanin med väst förut!
nor had she ever seen a rabbit with a watch!
Inte heller hade hon någonsin sett en kanin med en klocka!
Alice was burning with a new curiosity
Alice brann av en ny nyfikenhet
and she ran across the field after the Rabbit
och hon sprang över fältet efter kaninen
she was just in time to see the rabbit disappear
Hon hann precis i tid för att se kaninen försvinna
the rabbit hopped down into a large rabbit-hole
Kaninen hoppade ner i ett stort kaninhål
In another moment, down went Alice after the rabbit!
I ett annat ögonblick sprang Alice efter kaninen!
The rabbit-hole went straight on like a tunnel
Kaninhålet gick rakt fram som en tunnel
and the tunnel kept going for some distance
Och tunneln fortsatte en bit
and then the path suddenly dipped down
Och så dök stigen plötsligt ner
Alice had not a moment to think about stopping herself
Alice hade inte en sekund att tänka på att hejda sig
she found herself falling down and down and down
Hon kom på sig själv med att falla ner och ner och ner
it seemed as if she had fallen down a very deep well
Det såg ut som om hon hade fallit ner i en mycket djup brunn
Either the well was very deep, or she fell very slowly

Antingen var brunnen mycket djup, eller så föll hon mycket långsamt

because she had plenty of time to fall
för hon hade gott om tid att falla
as she was falling she could look all around her
När hon föll kunde hon se sig omkring
First, she tried to make out where she was going
Först försökte hon ta reda på vart hon var på väg
but the well was too dark to see anything
Men brunnen var för mörk för att man skulle kunna se något
then she looked at the sides of the well
Sedan tittade hon på brunnens sidor
and she noticed that there were cupboards all around her
Och hon lade märke till att det fanns skåp runt omkring henne
and all around the well were book-shelves
Och runt omkring brunnen fanns bokhyllor
here and there she saw maps and pictures hung upon pegs
Här och där såg hon kartor och bilder upphängda på nypor
She took down a jar from one of the shelves as she passed
Hon tog ner en burk från en av hyllorna när hon gick förbi
the jar was labelled for its content
Burken var märkt för sitt innehåll
"MARMALADE MADE FROM ORANGES"
"MARMELAD GJORD PÅ APELSINER"
but, to her great disappointment, the marmalade jar was empty
Men till hennes stora besvikelse var marmeladburken tom
she did not want to drop the empty marmalade jar
Hon ville inte tappa den tomma marmeladburken
and her fall was very slow
och hennes fall gick mycket långsamt
so she managed to put the marmalade jar into one of the cupboards
Så hon lyckades ställa in marmeladburken i ett av skåpen
Down, down, down she fall!
Ner, ner, ner faller hon!
Would the fall ever come to an end?

Skulle hösten någonsin ta slut?
There was nothing else to do
Det fanns inget annat att göra
so Alice soon began talking to herself
så Alice började snart prata med sig själv
"Dinah will miss me very much tonight, I should think!"
"Dina kommer att sakna mig väldigt mycket i kväll, kan jag tro!"
Dinah was Alice's cat
Dinah var Alices katt
"I hope they'll remember her saucer of milk at tea-time"
"Jag hoppas att de kommer ihåg hennes fat med mjölk när det är dags för te"
"Dinah, my dear, I wish you were down here with me!"
"Dinah, min kära, jag önskar att du var här nere med mig!"
Alice felt that she was dozing off
Alice kände att hon slumrade till
and then suddenly, thump! thump!
Och så plötsligt, duns! dunka!
down she fell upon a heap of sticks
Hon föll ner på en hög med pinnar
and she landed on a pile of dry leaves
och hon landade på en hög med torra löv
and finally the long fall down the hole was over
Och till slut var det långa fallet ner i hålet över
Alice was not a bit hurt
Alice var inte ett dugg skadad
and she jumped up within a moment
Och hon hoppade upp inom ett ögonblick
She looked up, but it was all dark overhead
Hon tittade upp, men det var alldeles mörkt ovanför henne
in front of her was another long corridor
Framför henne fanns en annan lång korridor
and the White Rabbit was still in sight
och den vita kaninen var fortfarande i sikte
he was hurrying down the corridor
Han skyndade sig genom korridoren

There was not a moment to be lost
Det fanns inte ett ögonblick att förlora
off ran Alice like the wind
Alice sprang iväg som vinden
around the corner turned the rabbit
runt hörnet vände kaninen
she was just in time to hear the rabbit
Hon hann precis i tid för att höra kaninen
""Oh, my ears and whiskers"
"Åh, mina öron och polisonger"
"how late it's getting!"
"Vad sent det blir!"
She was close behind the rabbit
Hon var tätt bakom kaninen
she turned around another corner
Hon svängde runt ett hörn
but the Rabbit was no longer to be seen
men Kaninen syntes inte längre till
She found herself in a long, low hall
Hon befann sig i en lång, låg hall
the hall was lit up by a row of ceiling lamps
Salen lystes upp av en rad taklampor
There were doors all around the hall
Det fanns dörrar runt om i korridoren
but all the doors were locked
men alla dörrar var låsta
she walked all the way down one side of the hall
Hon gick hela vägen ner på ena sidan av korridoren
and she had walked all the way up the other side of the hall
Och hon hade gått hela vägen upp på andra sidan korridoren
she had tried every door
Hon hade provat varje dörr
and she walked sadly down the middle of the hall
Och hon gick sorgset mitt i korridoren
"how am I ever going to get out again?"
"hur ska jag någonsin kunna ta mig ut igen?"

Suddenly she came upon a little table
Plötsligt kom hon fram till ett litet bord
the table was made entirely of solid glass
Bordet var helt och hållet tillverkat av massivt glas
There was nothing on the table but a tiny golden key
Det fanns inget annat på bordet än en liten gyllene nyckel
the key might belong to one of the doors!
Nyckeln kan tillhöra en av dörrarna!
but, alas! some of the locks were too large for the keys
Men, tyvärr! En del av låsen var för stora för nycklarna
and for the other locks the key was too small
Och till de andra låsen var nyckeln för liten
but, at any rate, the key opened none of the doors
Men nyckeln öppnade i alla fall ingen av dörrarna
but what was she to do?
Men vad skulle hon göra?
she went through the hall again
Hon gick genom hallen igen
and this time she noticed a low curtain
Och den här gången lade hon märke till en låg gardin

behind the curtain was a little door
Bakom gardinen fanns en liten dörr
the door was about fifteen inches high
Dörren var omkring femton tum hög
She tried the little golden key in the lock
Hon provade den lilla guldnyckeln i låset
and to her great delight, the key fit in the lock!
Och till hennes stora glädje passade nyckeln i låset!
Alice opened the door
Alice öppnade dörren
and she found the door led into a small corridor
Och hon fann att dörren ledde in i en liten korridor
the corridor was not much larger than a rat-hole
Korridoren var inte mycket större än ett råtthål
she knelt down and looked along the corridor
Hon gick ner på knä och såg sig omkring i korridoren
and she saw the loveliest garden you have ever seen
Och hon såg den vackraste trädgård du någonsin sett
how she longed to get out of that dark hall
Vad hon längtade efter att få komma ut ur den mörka salen
how she wanted to wander among those bright flowers
hur hon ville vandra bland de ljusa blommorna
how cool refreshing those fountains looked
hur svala, uppfriskande de där fontänerna såg ut
but she could not even get her head through the doorway
Men hon kunde inte ens få in huvudet genom dörröppningen
"Oh," said Alice, mournfully
»Åh», sade Alice sorgset
"how I wish I could fold up like a telescope!"
"vad jag önskar att jag kunde fälla ihop som ett teleskop!"
"I think I could fold up like a telescope"
"Jag tror att jag skulle kunna vika ihop mig som ett teleskop"
"if I only knew how to begin"
"om jag bara visste hur jag skulle börja"
Alice went back to the table
Alice gick tillbaka till bordet
there was the chance of finding another key

Det fanns en chans att hitta en annan nyckel
or there might be a book of rules
eller så kan det finnas en bok med regler
the book could tell her how to fold up like a telescope
Boken kunde tala om för henne hur hon skulle fälla ihop sig
som ett teleskop
This time she found a little bottle
Den här gången hittade hon en liten flaska
"this bottle certainly was not here before," said Alice
"Den här flaskan har verkligen inte funnits här förut", sa Alice
and tied around the neck of the bottle was a paper label
Och runt flaskans hals hängde en pappersetikett
the label was beautifully printed in large letters
Etiketten var vackert tryckt med stora bokstäver
"DRINK ME"
"DRICK MIG"
"No, I'll look first," she said
"Nej, jag ska titta först", sa hon
"I'll see whether the bottle is marked as poisonous or not,"
"Jag ska se om flaskan är märkt som giftig eller inte"
because she never forgot the lesson about poison
För hon glömde aldrig läxan om gift
"if a bottle is labelled poisonous, it's bound to disagree with you"
"Om en flaska är märkt som giftig kommer den garanterat inte
att hålla med dig"
However, this bottle was not marked as poisonous
Denna flaska var dock inte märkt som giftig
so Alice ventured to taste the content of the bottle
så Alice vågade sig på att smaka på innehållet i flaskan
she found the liquid quite to her liking
Hon tyckte att vätskan var helt i hennes smak
the drink had a sort of mixed flavour
Drycken hade en slags blandad smak
cherry-tart, custard, and pineapple
Körsbärstårta, vaniljsås och ananas
roast turkey, toffee, and toast with hot butter

Stek kalkon, kola och rosta med varmt smör
and she soon finished off the bottle
Och hon drack snart upp flaskan
"What a curious feeling!" said Alice
"Vilken märklig känsla!" sa Alice
"I am folding up like a telescope!"
"Jag viker ihop mig som ett teleskop!"
And she was folding up like a telescope indeed!
Och hon vek ihop sig som ett teleskop faktiskt!
She was now only ten inches high
Hon var nu bara tio centimeter hög
and her face brightened up at her thoughts
och hennes ansikte lyste upp vid hennes tankar
now she was the the right size for the little door
Nu hade hon rätt storlek för den lilla dörren
now she could go into that lovely garden
Nu kunde hon gå ut i den vackra trädgården
soon she stopped getting smaller
Snart slutade hon att bli mindre
she decided on going into the garden at once
Hon bestämde sig för att genast gå ut i trädgården
but, alas for poor Alice!
men, ack för stackars Alice!
she got to the door
Hon kom fram till dörren
but she had forgotten the little golden key
Men hon hade glömt den lilla gyllene nyckeln
she went back to the table for the key
Hon gick tillbaka till bordet för att hämta nyckeln
but she found she could not reach high enough
Men hon upptäckte att hon inte kunde nå tillräckligt högt
she could see the key quite plainly through the glass
Hon kunde se nyckeln helt klart genom glaset
she tried to climb up the legs of the table
Hon försökte klättra upp på bordsbenen
but the glass was far too slippery
Men glaset var alldeles för halt

eventually she tired herself out with trying

Till slut tröttade hon ut sig själv med att försöka

and the poor little girl sat down and cried

Och den stackars lilla flickan satte sig ner och grät

Alice spoke to herself rather sharply

Alice talade ganska skarpt till sig själv

"Come, there's no use in crying like that!"

"Kom, det är ingen idé att gråta så där!"

"I advise you to stop right this minute!"

"Jag råder dig att sluta nu!"

She generally gave herself very good advice

Hon gav i allmänhet sig själv mycket goda råd

though she very seldom followed her own advice

även om hon mycket sällan följde sina egna råd

and she sometimes was too harsh on herself

Och ibland var hon för hård mot sig själv

and her words brought tears into her eyes

Och hennes ord fick henne att få tårar i ögonen

Soon her eye fell upon a little glass box

Snart föll hennes blick på en liten glaslåda

the little glass box was lying under the table

Den lilla glaslådan låg under bordet

in the glass box was a very small cake

I glaslådan låg en mycket liten tårta

on the cake some words were beautifully written

På tårtan var några ord vackert skrivna

the words had been marked in currants

Orden hade markerats med vinbär

"EAT ME"

"ÄT MIG"

"Well, I'll eat the cake," said Alice

"Nåja, jag äter kakan", sa Alice

"and if the cake makes me grow larger, I can reach the key"

"och om kakan får mig att bli större, kan jag nå nyckeln"

"and if the cake makes me grow smaller, I can creep under the door"

"och om kakan får mig att bli mindre kan jag krypa in under

dörren"
"so either way I'll get into the garden"
"så hur som helst kommer jag in i trädgården"
"and I don't care which of the two happens!"
"och jag bryr mig inte om vilket av de två som händer!"
She ate a little bit of the cake
Hon åt en liten bit av kakan
and she anxiously spoke to herself:
Och hon talade ängsligt till sig själv:
"Which way? Which way?"
"Åt vilket håll? Åt vilket håll?"
and she held her hand on her head
Och hon höll handen på huvudet
she wanted to feel which way she was growing
Hon ville känna åt vilket håll hon växte
she was quite surprised to find what had happened
Hon blev ganska förvånad när hon fick reda på vad som hade hänt
she had remained the same size!
Hon hade förblivit lika stor!
so this time she doubled her efforts
Så den här gången fördubblade hon sina ansträngningar
and soon she finished off the whole cake
Och snart hade hon ätit upp hela tårtan

The Pool of Tears
Tårarnas pöl

"This is getting more and more interesting!" cried Alice

"Det här blir mer och mer intressant!" utbrast Alice

You can see she was very surprised

Du kan se att hon blev mycket förvånad

"I'm opening out like the largest telescope there ever was!"

"Jag öppnar upp som det största teleskop som någonsin funnits!"

"Good-bye, feet! Oh, my poor little feet"

»Farväl, fötter! O, mina stackars små fötter"

"I wonder who will put on your shoes for you now, dears?"

"Jag undrar vem som ska ta på sig skorna åt dig nu, mina kära?"

"and I wonder who will put on your stockings?"

"Och jag undrar vem som ska sätta på dig strumporna?"

"I shall be a great deal too far away"

"Jag kommer att vara alldeles för långt borta"

"I won't be able trouble myself about you anymore"

"Jag kommer inte att kunna bekymra mig om dig längre"

Just at this moment her head struck against something

Just i detta ögonblick slog hennes huvud mot något

she had reached the roof of the hall

Hon hade nått upp till taket på salen

in fact, she was now more than two meters tall

I själva verket var hon nu mer än två meter lång

and she at once took up the little golden key

Och hon tog genast upp den lilla gyllene nyckeln

and she hurried off to the garden door

Och hon skyndade bort till trädgårdsdörren

Poor Alice! There was not much she could do

Stackars Alice! Det var inte mycket hon kunde göra

she laid down on one side

Hon lade sig på ena sidan

and she looked through into the garden with one eye

Och hon såg ut i trädgården med ena ögat

but to get through was more hopeless than ever

Men att ta sig igenom var mer hopplöst än någonsin
She sat down and began to cry again
Hon satte sig ner och började gråta igen
She went on shedding gallons of tears
Hon fortsatte att fälla litervis med tårar
soon there was a large pool all around her
Snart fanns det en stor pöl runt omkring henne
and the water reached half-way down the hall
och vattnet nådde halvvägs genom korridoren
After a time, she heard a little pattering of feet
Efter en stund hörde hon ett litet trampande av fötter
she heard the feet coming from the distance
Hon hörde fötterna komma på avstånd
and she hastily dried her eyes to see what was coming
Och hon torkade hastigt sina ögon för att se vad som skulle
komma
It was the White Rabbit returning
Det var den vita kaninen som återvände
he was splendidly dressed
Han var praktfullt klädd
he had a pair of white gloves in one hand
Han hade ett par vita handskar i ena handen
and he had a large feather fan in the other hand
och han hade en stor fjädersolfjäder i den andra handen
He came trotting along in a great hurry
Han kom travande med stor brådska
and he muttered to himself, "Oh! the Duchess, the Duchess!"
och han mumlade för sig själv: "Åh! hertiginnan, hertiginnan!"
"Oh! won't she be savage if I've kept her waiting!"
"Åh! skulle hon inte vara vild, om jag har låtit henne vänta!»

When the Rabbit came near her, Alice spoke
När kaninen kom nära henne talade Alice
but she spoke in a low, timid voice
Men hon talade med låg, skygg röst
"sir, please stop what you're doing for one moment"
"Sir, snälla sluta med det du håller på med för ett ögonblick"
The Rabbit startled violently
Kaninen ryckte till våldsamt
he dropped the white gloves and the feather fan
Han tappade de vita handskarna och fjäderfläkten
and he scurried away into the darkness as fast as he could
Och han skyndade bort in i mörkret så fort han kunde
Alice picked up the feather fan and gloves
Alice plockade upp fjäderfläkten och handskarna
and she kept fanning herself while she kept talking
Och hon fläktade sig medan hon fortsatte att prata
"Dear, dear! How strange everything is today!"
"Kära, kära! Så konstigt allt är idag!"
"yesterday things went on just as usual"

"Igår rullade det på precis som vanligt"
"Was I the same when I got up this morning?"
"Var jag likadan när jag steg upp i morse?"
"But if I'm not the same, there is another question"
"Men om jag inte är densamma är det en annan fråga"
"Who in the world am I?"
"Vem i hela världen är jag?"
"Ah, that's the great puzzle!"
"Ah, det är det stora pusslet!"
As she said this, she looked down at her hands
När hon sade detta, såg hon ned på sina händer
she was wearing one of the rabbits little white gloves
Hon hade på sig en av kaninens små vita handskar
she hadn't noticed she put the glove on while talking
Hon hade inte märkt att hon tog på sig handsken medan hon pratade
"How can I have done that?" she thought
"Hur kan jag ha gjort det?" tänkte hon
"I must be growing small again"
"Jag måste bli liten igen"
She got up and went to the table to measure her height
Hon reste sig och gick fram till bordet för att mäta sin längd
she found that she was now about half a meter tall
Hon fann att hon nu var ungefär en halv meter lång
and she was still shrinking rapidly
Och hon krympte fortfarande snabbt
She soon found out what the cause of the shrinking was
Hon fick snart reda på vad orsaken till krympningen var
the feather fan was making her smaller again!
Fjäderfläkten gjorde henne mindre igen!
and she dropped the feather fan hastily
Och hon tappade fjädersolfjädern hastigt
she dropped the feather fan just in time to save herself
Hon tappade fjäderfläkten precis i tid för att rädda sig själv
had she fanned herself any longer she would have shrunk away entirely
Hade hon fläktat sig längre hade hon helt och hållet dragit sig

undan
"That was a narrow escape!" said Alice
"Det var med nöd och näppe som kom undan!" sa Alice
and she was a good deal frightened at the sudden change
Och hon blev en hel del skrämd av den plötsliga förändringen
but she was very glad to find herself still in existence
Men hon var mycket glad över att finna sig själv fortfarande i
livet
"And now, off to the garden!"
"Och nu bär det av till trädgården!"
And she ran with all speed back to the little door
Och hon sprang med full fart tillbaka till den lilla dörren
but, alas! the little door was shut again
Men, tyvärr! Den lilla dörren stängdes igen
and the little golden key was lying on the glass table again
Och den lilla guldnyckeln låg åter på glasbordet
"Things are worse than ever," thought the poor child
"Det är värre än någonsin", tänkte det stackars barnet
"I never was so small as this before, never!"
"Jag har aldrig varit så här liten förut, aldrig!"
As she said these words, her foot slipped
När hon sade dessa ord, halkade hennes fot
and in another moment there was a great splash!
Och i ett annat ögonblick hördes ett stort plask!
she was up to her chin in salt-water
Hon var upp till hakan i saltvatten
Her first idea was that she had somehow fallen into the sea
Hennes första tanke var att hon på något sätt hade fallit i
havet
However, she soon realized what she was in
Men hon insåg snart vad hon gav sig in på
she was in a pool of tears
Hon låg i en pöl av tårar
the tears she had wept when she was two meters tall
Tårarna hon hade gråtit när hon var två meter lång

Just then she heard something
Just då hörde hon något
something was splashing about in the pool
Något plaskade omkring i poolen
the splashing came from a little way off
Plaskandet kom en bit bort
and she swam nearer to see what the splashing was
Och hon simmade närmare för att se vad det var för plaskande
she soon saw that it was only a little mouse
Hon såg snart att det bara var en liten mus
the little mouse had slipped in to the water too
Den lilla musen hade också halkat i vattnet
Alice thought to herself about the situation
Alice tänkte för sig själv över situationen
"Would it be of any use to speak to this mouse?"
"Skulle det tjäna något till att tala med den här musen?"
"Everything is so up-side-down down here"
"Allt är så upp och ner här nere"
"I should think very likely this mouse can talk"
"Jag skulle tro att det är mycket troligt att den här musen kan

prata"
"at any rate, there's no harm in trying"
"Det skadar i alla fall inte att försöka"
So she began trying to talk to the mouse
Så hon började försöka prata med musen
"Oh Mouse, do you know the way out of this pool?"
"Åh mus, vet du vägen ut ur den här poolen?"
"I am very tired of swimming about here, Oh Mouse!"
"Jag är väldigt trött på att simma omkring här, Åh mus!"
The mouse looked at her rather inquisitively
Musen tittade frågande på henne
the mouse seemed to wink with one of its little eyes
Musen tycktes blinka med ett av sina små ögon
but the little mouse said nothing
Men den lilla musen sa ingenting
"Perhaps the mouse doesn't understand English," thought Alice
"Musen kanske inte förstår engelska", tänkte Alice
"I dare say it's a French mouse"
"Jag vågar påstå att det är en fransk mus"
"perhaps this mouse came over with William the Conqueror"
"kanske kom den här musen över med Vilhelm Erövraren"
So she began again, in French
Så började hon igen, på franska
"Where is my cat?" she asked in French
"Var är min katt?" frågade hon på franska
it was the first sentence in her French lesson-book
det var den första meningen i hennes franska lektionsbok
The Mouse gave a sudden leap out of the water
Musen gjorde ett plötsligt språng upp ur vattnet
and the mouse seemed to quiver all over with fright
och musen tycktes darra i hela kroppen av skräck
"Oh, I beg your pardon!" cried Alice hastily
»Åh, jag ber om ursäkt!» utbrast Alice hastigt
she was afraid that she had hurt the poor animal's feelings
Hon var rädd att hon hade sårat det stackars djurets känslor
"I quite forgot you didn't like cats"

"Jag glömde helt bort att du inte gillade katter"
"I don't like cats!" cried the Mouse in a shrill, passionate voice
"Jag tycker inte om katter!" skrek musen med gäll, lidelsefull röst
"Would you like cats, if you were me?"
"Skulle du vilja ha katter, om du var jag?"
Alice comforted the mouse in a soothing tone
Alice tröstade musen i en lugnande ton
"Well, perhaps I would not like cats if I were you either"
"Nja, jag kanske inte skulle tycka om katter om jag var du heller"
"please don't be angry about the mention of cats"
"Snälla, bli inte arg när katter nämns"
"And yet I wish I could show you our cat Dinah"
"Och ändå önskar jag att jag kunde visa dig vår katt Dinah"
"if you met her I think you'd take a fancy to cats"
"om du träffade henne tror jag att du skulle fatta tycke för katter"
"if you could only see her"
"Om du bara kunde se henne"
"She is such a dear, quiet thing"
"Hon är en så kär och tystlåten sak"
The mouse was shaking all over
Musen skakade i hela kroppen
Alice felt certain the mouse must be really offended
Alice kände sig säker på att musen verkligen måste ha tagit illa upp
"We won't talk about her any more, if you'd rather not"
"Vi kommer inte att prata om henne mer, om du inte vill det"
"We, indeed!" cried the Mouse
»Ja, vi!» ropade musen
the mouse was trembling down to the end of its tail
Musen darrade ända ner till svansspetsen
"As if I would talk on such a subject!"
"Som om jag skulle vilja tala om ett sådant ämne!"
"Our family always hated cats"

"Vår familj har alltid hatat katter"
"cats; nasty, low, vulgar things!"
"katter; otäcka, låga, vulgära saker!"
"Don't let me hear the name again!"
"Låt mig inte höra namnet igen!"
"I won't mention cats again indeed!" said Alice
"Jag tänker inte nämna katter igen!" sa Alice
she was in a great hurry to change the subject
Hon hade väldigt bråttom att byta ämne
"Are you... are you fond of dogs?"
"Är du... Är du förtjust i hundar?"
"There is such a nice little dog near our house,"
"Det finns en så snäll liten hund i närheten av vårt hus"
"I should like to show you the little dog!"
"Jag skulle vilja visa dig den lilla hunden!"
"this little dog kills all the rats and...
"Den här lilla hunden dödar alla råttor och...
"oh, dear!" cried Alice in a sorrowful tone
»Åh, kära du!» utbrast Alice i sorgsen ton
"I'm afraid I've offended you again!"
"Jag är rädd att jag har förolämpat dig igen!"
**the mouse was swimming away from her as fast as it could
go**
Musen simmade bort från henne så fort den kunde
and the mouse made quite a commotion in the pool
och musen gjorde en hel del uppståndelse i poolen
So she called softly after the mouse
Så hon ropade mjukt efter musen
"my dear mouse, please come back!"
"Min kära mus, snälla kom tillbaka!"
"and we won't talk about cats"
"Och vi ska inte prata om katter"
"and we don't have to talk about dogs either"
"Och vi behöver inte prata om hundar heller"
When the mouse heard this, it turned around
När musen hörde detta vände den sig om
and the little mouse swam slowly back to her

och den lilla musen simmade sakta tillbaka till henne
the mouse's face was quite pale
Musens ansikte var ganska blekt
and the mouse spoke, in a low, trembling voice
Och musen talade med låg, darrande röst
"Let us get to the shore"
"Låt oss komma till stranden"
"and then I'll tell you my history"
"och sedan ska jag berätta min historia för dig"
"and you'll understand why it is I hate cats and dogs"
"och du kommer att förstå varför jag hatar katter och hundar"
It had become high time to go
Det hade blivit hög tid att ge sig av
because the pool was getting quite crowded
eftersom poolen började bli ganska trångt
other birds and animals had fallen into the pool
Andra fåglar och djur hade fallit i dammen
there were a Duck and a Dodo
det fanns en anka och en dront
and there was a Lory bird and an Eaglet
och där var en Lory bird och en Eaglet
and there were several other interesting looking creatures
Och det fanns flera andra intressanta varelser
Alice led the way out the pool
Alice visade vägen ut ur poolen
and the whole party of animals swam to the shore
Och hela sällskapet av djur simmade till stranden

A caucus race and a long tail
En caucus race och en lång svans

They were indeed a funny-looking bunch of animals
De var verkligen ett lustigt gäng djur
and they all assembled on the water's bank
Och de församlade sig alla på stranden,
the birds all had bedraggled feathers
Fåglarna hade alla slitna fjädrar
and the furry animals were soaked through
och de lurviga djuren var genomblöta
and all were dripping wet, annoyed and uncomfortable
och alla var drypande våta, irriterade och obekväma

there was one question that had to be answered first
Det fanns en fråga som måste besvaras först
what is the best way for everyone to get dry?
Vilket är det bästa sättet för alla att bli torra?
They had a consultation about this matter
De hade ett samråd om denna fråga
soon they were all on familiar terms
Snart var de alla på förtrolig fot
it was as if she had known them all her life
Det var som om hon hade känt dem i hela sitt liv
the mouse seemed to be a person of some authority
Musen verkade vara en person med någon auktoritet

"Sit down, all of you, and listen to me!
"Sätt er ner, allesammans, och lyssna på mig!
"I'll soon make you all dry again!"
"Jag ska snart torka er igen!"
They all sat down at once, in a large ring
De satte sig alla ner på en gång, i en stor ring
and the little mouse sat in the middle
och den lilla musen satt i mitten
"Ahem!" said the mouse with an important air
"Hm!" sa musen med en viktig min
"Are you all ready?"
"Är ni redo?"
"This is the driest thing I know"
"Det här är det torraste jag vet"
"Silence all around, if you please!"
"Tystnad runt omkring, om ni vill!"
"William the Conqueror was favoured by the pope"
"Vilhelm Erövraren gynnades av påven"
"but he was soon submitted to by the English"
"men engelsmännen underkastade sig honom snart"
"they wanted leaders of late"
"De ville ha ledare på sistone"
"and they had been accustomed to power and conquest"
"Och de hade vant sig vid makt och erövring"
"Edwin and Morcar, the Earls of Mercia and Northumbria"
"Edwin och Morcar, earlerna av Mercia och Northumbria"
"Ugh!" said the lori bird, with a shiver
»Usch!» sade lorifågeln med en rysning
"and even Stigand, the patriotic archbishop of Canterbury"
"och till och med Stigand, den patriotiske ärkebiskopen av
Canterbury"
"he also found it advisable"
"Han tyckte också att det var tillrådligt"
"What did he find advisable?" said the duck
»Vad tyckte han var rådligt?» sade ankan
"He found it advisable" the mouse replied rather crossly
"Han tyckte att det var rådligt", svarade musen lite tvärt.

but the duck was not satisfied
Men ankan var inte nöjd
"of course, you know what 'it' means"
"Självklart vet du vad 'det' betyder"
"I know what 'it' is when I find a thing," said the duck
"Jag vet vad det är när jag hittar något", sa ankan
"it's generally a frog or a worm"
"Det är i allmänhet en groda eller en mask"
"The question is, what did the archbishop find?"
"Frågan är vad ärkebiskopen hittade?"
The mouse did not notice this question
Musen märkte inte denna fråga
instead, the mouse hurriedly went on with the speech
I stället fortsatte musen hastigt med talet
"he found it advisable to go with Edgar Atheling"
"han fann det rådligt att följa med Edgar Atheling"
"to meet William and offer him the crown"
"för att möta Vilhelm och erbjuda honom kronan"
the mouse continued, turning to Alice as it spoke
fortsatte musen och vände sig mot Alice medan den talade
"How are you getting on now, my dear?"
"Hur står det till nu, min kära?"
"As wet as ever," said Alice in a melancholy tone
"Lika våt som alltid", sa Alice i melankolisk ton
"this story doesn't seem to dry me at all"
"Den här historien verkar inte torka mig alls"
"In that case," said the dodo solemnly, rising to its feet
»I så fall», sade dronten högtidligt och reste sig
"I vote that the meeting be adjourned"
"Jag röstar för att sammanträdet ajourneras"
"and I propose an immediate adoption of more energetic remedies"
"och jag föreslår ett omedelbart antagande av mer energetiska botemedel"
"Speak real words!" said the eaglet
»Tala med riktiga ord!» sade örnen
"I don't know the meaning of half of those long words"

"Jag vet inte vad hälften av de där långa orden betyder"
"and, what's more, I don't believe you know either!"
"Och vad mera är, jag tror inte att du vet det heller!"
"What I was going to say," said the dodo in an offended tone
»Vad jag tänkte säga», sade dronten i förnärmad ton
"the best thing to get us dry would be a caucus-race"
"Det bästa sättet att få oss torra skulle vara ett caucus-race"
"What is a caucus-race?" said Alice
»Vad är ett caucus-race?» sade Alice

"Well," said the dodo, "the best way to explain it is to do it"
"Nåväl", sa dronten, "det bästa sättet att förklara det är att göra det"
"First the dodo marked out a race-course"
"Först stakade dronten ut en kapplöpningsbana"
"the track was in a sort of circle"
"Banan gick i en slags cirkel"
"and then all the party were placed along the course"
"Och sedan placerades hela sällskapet längs banan"
There was no "One, two, three and away!"
Det fanns inget "Ett, två, tre och iväg!"
but they began running when they liked
Men de började springa när de ville

and they also finished when they liked
Och de gick också i mål när de ville
so it was not easy to know when the race was over
Så det var inte lätt att veta när loppet var över
after half an hour or so of running they were all quite dry
Efter en halvtimmes löpning var de alla ganska torra
the dodo suddenly called out, "The race is over!"
dronten ropade plötsligt: "Loppet är över!"
and they all crowded around the dodo
Och de trängdes alla runt dronten
all the animals were panting and puffing
Alla djuren flämtade och pustade
and they all wanted to know, "But who has won?"
Och de ville alla veta: "Men vem har vunnit?"
This question the dodo could not immediately answer
Denna fråga kunde dronten inte omedelbart besvara
first he had to do a great deal of thinking
Till att börja med var han tvungen att tänka en hel del
after much thinking, the dodo finally spoke
Efter mycket funderande tog dronten till slut till orda
"Everybody has won, and all must have prizes"
"Alla har vunnit, och alla måste ha priser"
"But who is to give the prizes?" asked a chorus of voices
"Men vem är det som ska dela ut priserna?" frågade en kör av
röster
"Well, she, of course," said the dodo
»Ja, ja, hon förstås», sade dronten
and the dodo pointed with one finger to Alice
och dronten pekade med ett finger på Alice
and the whole party of animals crowded around her
och hela skaran av djur skockade sig omkring henne
they called out, in a confused way, "Prizes! Prizes!"
De ropade på ett förvirrat sätt: "Priser! Priser!"
Alice had no idea what to do
Alice hade ingen aning om vad hon skulle göra
in despair she put her hand into her pocket
I förtvivlan stack hon handen i fickan

and she pulled out a box of sweets
och hon tog fram en ask med godis
luckily the salt-water had not got into the box
Som tur var hade inte saltvattnet kommit in i lådan
and she handed the sweets around as prizes
Och hon räckte fram godiset som priser
There was exactly one piece for everyone
Det fanns exakt ett stycke för alla
The next thing they had to do was to eat the sweets
Nästa sak de var tvungna att göra var att äta godiset
this caused some noise and confusion
Detta orsakade en del oväsen och förvirring
the large birds complained that they could not taste their sweets
De stora fåglarna klagade över att de inte kunde smaka på deras sötsaker
the small ones choked and had to be patted on the back
De små kvävdes och fick klappas på ryggen
However, it was over at last
Men till slut var det över
and they sat down again in a ring
Och de satte sig åter ned i en ring
and they begged the mouse to tell them something more
och de bad musen att berätta något mer för dem
"You promised to tell me your history, you know," said Alice
"Du lovade att berätta din historia för mig, förstår du", sa Alice
and she made another little remark about cats in a whisper
Och hon fällde en viskande liten kommentar om katter
she didn't want to offend the mouse again
Hon ville inte förolämpa musen igen
the little mouse turned to Alice and sighed
den lilla musen vände sig mot Alice och suckade
"Mine is a long and a sad tale!"
"Min är en lång och sorglig historia!"
"It is a long tail, certainly," said Alice
»Det är verkligen en lång svans», sade Alice
and she looked down with wonder at the mouse's tail

Och hon tittade förundrat ner på musens svans
"but why do you call it a sad tail?"
"Men varför kallar du det en sorglig svans?"
And she kept on puzzling about it while the mouse was speaking
Och hon fortsatte att grubbla över det medan musen talade
so that her idea of the tale was something like this
så att hennes föreställning om sagan var ungefär så här

<pre>
            "Fury said to
               a mouse, That
                  he met in the
                     house, 'Let
                        us both go
                           to law: I
                           will prosecute
                           you.—
                              Come, I'll
                                 take no denial:
                              We must have
                           the trial;
                        For really
                     this morning
            I've
            nothing
            to do.'
                  Said the
                     mouse to
                        the cur,
                           'Such a
                              trial, dear
                                 sir, With
                                       no jury
                                          or judge,
                                          would
                                          be wasting
                                       our
                                    breath.'
                           'I'll be
                        judge,
                  I'll be
               jury,'
            said
            cunning
               old
                  Fury;
                     'I'll
                        try
                           the
                              whole
                                 cause,
                                    and
                                    condemn
                                 you to
            death.'"
</pre>

Fury said to a mouse, That he met in the house"
Raseri sade till en mus: "Att han träffades i huset"
Let us both go to law: I will prosecute you
Låt oss båda gå till domstol: Jag kommer att åtala dig

Come, I'll take no denial: We must have the trial

Kom, jag skall icke taga någon förnekelse: Vi måste ha rättegången

For really this morning I've nothing to do

För den här morgonen har jag verkligen ingenting att göra

Said the mouse to the cur;

Sa musen till curen;

Such a trial, dear sir, With no jury or judge, would be wasting our breath

En sådan rättegång, min bäste herre, utan jury eller domare skulle vara att slösa bort vår andedräkt

"I'll be judge, I'll be jury," said cunning old Fury

»Jag skall vara domare, jag skall vara jury», sade den listige gamle Fury

I'll try the whole cause, and condemn you to death

Jag ska pröva hela saken och döma dig till döden

the mouse spoke severely to Alice

musen talade strängt till Alice

"You are not paying attention!"

"Du är inte uppmärksam!"

"What are you thinking of?"

"Vad tänker du på?"

"I beg your pardon," said Alice very humbly

"Jag ber om ursäkt", sade Alice mycket ödmjukt

"you had got to the fifth bend, I think?"

»Du hade kommit till femte kurvan, tror jag?»

"You insult me by talking such nonsense!"

"Du förolämpar mig genom att prata sådant nonsens!"

and the mouse got up and walked away

och musen reste sig och gick iväg

Alice called after the little mouse

Alice ropade efter den lilla musen

"Please come back and finish your story!"

"Snälla, kom tillbaka och avsluta din berättelse!"

And the others all joined in chorus

Och alla de andra stämde in i kör

"Yes, please do finish your story!"

"Ja, snälla, avsluta din berättelse!"
But the mouse only shook its head impatiently
Men musen skakade bara otåligt på huvudet
and the little mouse walked a little quicker
och den lilla musen gick lite fortare
"I wish I had Dinah, our cat, here!" said Alice
"Jag önskar att jag hade Dinah, vår katt, här!" sa Alice
This caused a remarkable sensation among the party
Detta väckte en märklig sensation i partiet
Some of the birds hurried off at once
Några av fåglarna skyndade genast iväg
and a Canary called out in a trembling voice, to its children;
och en kanariefågel ropade med darrande röst till sina barn;
"Come away, my dears!"
"Kom bort, mina kära!"
"It's high time you were all in bed!"
"Det är hög tid att ni alla lägger er i sängen!"
with various excuses they all went away
Med olika ursäkter gick de alla sin väg
and Alice was soon left alone
och Alice blev snart lämnad ensam
"I wish I hadn't mentioned Dinah!"
"Jag önskar att jag inte hade nämnt Dina!"
"Nobody seems to like her down here"
"Ingen verkar tycka om henne här nere"
"but I'm sure she's the best cat in the world!"
"men jag är säker på att hon är den bästa katten i världen!"
Poor Alice began to cry again
Stackars Alice började gråta igen
because she felt very lonely and low-spirited
för att hon kände sig väldigt ensam och nedstämd
In a little while, however, she again heard something
Men om en liten stund hörde hon åter något
a little pattering of footsteps in the distance
lite smattrande av fotsteg i fjärran
and she looked up eagerly
Och hon såg ivrigt upp

The rabbit sends in little Mr Bill
Kaninen skickar in lille herr Bill

It was the white rabbit,trotting slowly back again
Det var den vita kaninen som långsamt travade tillbaka igen
he was looking about anxiously as he went
Han såg sig ängsligt omkring där han gick
he looked as if he had lost something
Han såg ut som om han hade förlorat något
Alice heard him muttering to himself
Alice hörde honom muttra för sig själv
"The Duchess! The Duchess! Oh, my dear paws!"
"Hertiginnan! Hertiginnan! Åh, mina kära tassar!"
"Oh, my fur and whiskers!"
"Åh, min päls och mina polisonger!"
"She'll get me executed, I'm sure of that"
"Hon kommer att avrätta mig, det är jag säker på"
"just as sure as ferrets are ferrets!"
"Lika säkert som att illrar är illrar!"
"Where can I have dropped my things, I wonder?"

"Var kan jag ha lämnat mina saker, undrar jag?"
Alice guessed in a moment what he was looking for
Alice gissade genast vad han letade efter
he was looking for the feather fan
Han letade efter fjäderfläkten
and he was looking for the pair of white gloves
Och han letade efter ett par vita handskar
so she very good-naturedly began looking for the gloves
Så hon började mycket godmodigt leta efter handskarna
and she looked for the feather fan too
Och hon letade efter fjäderfläkten också
but the gloves and feather fan were nowhere to be seen
Men handskarna och fjäderfläkten syntes inte till någonstans
everything seemed to have changed since her swim in the pool
Allt verkade ha förändrats sedan hon simmade i poolen
nothing was the same since she had been in the great hall
Ingenting var sig likt, sedan hon hade varit i den stora salen
and the glass table had vanished
och glasbordet var försvunnet
and the little door wasn't there either
Och den lilla dörren fanns inte där heller
Very soon the rabbit noticed Alice
Mycket snart lade kaninen märke till Alice
he called to her in an angry tone
ropade han till henne i arg ton
"Mary Ann, what are you doing out here?"
"Mary Ann, vad gör du här ute?"
"Run home this moment"
"Spring hem nu"
"and fetch me a pair of gloves and a feather fan!"
"Och hämta ett par handskar och en fjäderfläkt!"
"and be quick about it!"
"Och skynda dig!"
Alice spoke to herself as she ran off
Alice talade för sig själv när hon sprang iväg
"He must have mistaken me for his housemaid!"

»Han måtte ha misstagit mig för sin husjungfru!»
"How surprised he'll be when he finds out who I am!"
"Vad förvånad han kommer att bli när han får reda på vem jag är!"
As she said this, she came upon a neat little house
När hon sade detta, kom hon till ett prydligt litet hus
on the door of the house was a bright brass plate
På dörren till huset satt en blank mässingsplatta
"W. RABBIT"
"W. KANIN"
She went in without knocking on the door
Hon gick in utan att knacka på dörren
and she hurried straight upstairs
Och hon skyndade sig rakt uppför trappan
she worried that she might meet the real Mary Ann
hon oroade sig för att hon skulle träffa den riktiga Mary Ann
because then she would be turned out of the house
För då skulle hon bli utvisad ur huset
and she wouldn't be able to find the feather fan and gloves
Och hon skulle inte kunna hitta fjäderfläkten och handskarna
Alice had found her way into a tidy little room
Alice hade letat sig in i ett prydligt litet rum
in the room was a table by the window
I rummet stod ett bord vid fönstret
and on the table was a feather fan
och på bordet stod en fjäderfjäder
and there were two or three pairs of tiny white gloves
Och där fanns två eller tre par små vita handskar
she picked up the feather fan and a pair of the gloves
Hon plockade upp fjäderfläkten och ett par av handskarna
and she was just about to leave the room
Och hon var just på väg att lämna rummet
but then her eyes fell upon a little bottle
Men så föll hennes blick på en liten flaska
She uncorked the bottle and put it to her lips
Hon korkade upp flaskan och förde den till sina läppar
"I do hope it'll make me grow large again"

"Jag hoppas verkligen att det ska få mig att bli stor igen"
"I'm tired of being such a tiny little thing!"
"Jag är trött på att vara en så liten, liten sak!"
Alice had hardly drunk half the bottle
Alice hade knappt druckit upp halva flaskan
her head was already pressing against the ceiling
Hennes huvud var redan pressat mot taket
and she had to stoop down
och hon var tvungen att böja sig ner
to save her neck from being broken
för att rädda hennes nacke från att brytas
She hastily put down the bottle
Hon ställde hastigt ifrån sig flaskan
"That's quite enough"
"Det räcker gott och väl"
"I hope I don't grow anymore"
"Jag hoppas att jag inte växer längre"
Alas! It was too late to wish that!
Tyvärr! Det var för sent att önska det!
She went on growing and growing
Hon fortsatte att växa och växa
and very soon she had to kneel down on the floor
Och mycket snart var hon tvungen att falla på knä på golvet
and even then she went on growing
Och även då fortsatte hon att växa
as a last resource she put one arm out of the window
Som en sista utväg stack hon ut ena armen genom fönstret
and she put one foot up the chimney
Och hon satte ena foten upp i skorstenen
"Now I can do no more, whatever happens"
"Nu kan jag inte göra mer, vad som än händer"
"What will become of me?"
"Vad ska det bli av mig?"

Alice had a spot of luck
Alice hade en gnutta tur
the little magic bottle had had its full effect
Den lilla magiska flaskan hade fått sin fulla effekt
and Alice grew no larger than she was
och Alice blev inte större än hon var
After a few minutes she heard a voice outside
Efter några minuter hörde hon en röst utanför
and she stopped to listen to the voice
Och hon stannade för att lyssna till rösten
"Mary Ann! Mary Ann!" said the voice
"Mary Ann! Mary Ann!» sade rösten
"Fetch me my gloves this moment!"
"Hämta mina handskar nu åt mig!"
Then came a little pattering of feet on the stairs
Sedan kom ett litet trampande av fötter i trappan
Alice knew it was the rabbit coming to look for her
Alice visste att det var kaninen som kom för att leta efter henne

and she trembled till she shook the house
Och hon bävade, så att huset skakade
she quite forgot what her proportions were
Hon glömde alldeles bort vad hon hade för proportioner
she was a thousand times as large as the rabbit
Hon var tusen gånger så stor som kaninen
and she had no reason to be afraid of a rabbit
Och hon hade ingen anledning att vara rädd för en kanin
Presently the rabbit came up to the door
Efter en stund kom kaninen fram till dörren
and the little rabbit tried to open the door
Och den lilla kaninen försökte öppna dörren
the door started to open inwards
Dörren började öppnas inåt
but Alice's elbow was pressed hard against the door
men Alices armbåge trycktes hårt mot dörren
that attempt proved a failure
Det försöket visade sig vara ett misslyckande
Alice heard the rabbit speak to himself
Alice hörde kaninen tala till sig själv
"Then I'll go around and get in through the window"
"Då går jag runt och tar mig in genom fönstret"
"That you won't!" thought Alice
"Det kommer du inte att göra!" tänkte Alice
and she waited a little again
Och hon väntade lite igen
soon she heard the rabbit just under the window
Snart hörde hon kaninen precis nedanför fönstret
she suddenly spread out her hand
Plötsligt sträckte hon ut handen
and she made a snatch in the air
och hon ryckte till i luften
She did not get hold of anything
Hon fick inte tag i någonting
but she heard a little shriek and a fall
Men hon hörde ett litet skrik och ett fall
and she heard a crash of broken glass

och hon hörde ett brak av krossat glas
perhaps the rabbit had fallen
Kanske hade kaninen ramlat
maybe he was in a green-house
Kanske var han i ett växthus
Next came an angry voice; the rabbit's voice
Därnäst hördes en ilsken röst; Kaninens röst
"Pat, where are you?"
»Pat, var är du?»
And then came a voice she had never heard before
Och så kom en röst som hon aldrig hade hört förut
"your honour, I'm here!"
"Ers ära, jag är här!"
"I'm digging for apples"
"Jag gräver efter äpplen"
"Here! Come and help me out of this!"
"Här! Kom och hjälp mig ur det här!"
"Now tell me, Pat, what's that in the window?"
»Säg mig nu, Pat, vad är det där i fönstret?»
"Sure, your honour, I will tell you"
"Visst, ers ära, det ska jag säga er"
"it's an arm that's in the window!"
"Det är en arm som sitter i fönstret!"
"Well, an arm has no business there"
"Nåja, en arm har inget där att göra"
"go and take the arm away!"
"Gå och ta bort armen!"
There was a long silence after this
Det blev en lång tystnad efter detta
and Alice could only hear whispers now and then
och Alice kunde bara höra viskningar då och då
and at last she spread out her hand again
Och till sist räckte hon åter ut handen
and she made another snatch in the air
och hon gjorde ännu ett ryck i luften
This time there were two little shrieks
Den här gången hördes två små skrik

and there was more sounds of broken glass
och det hördes fler ljud av krossat glas
"I wonder what they'll do next!" thought Alice
"Jag undrar vad de ska göra härnäst!" tänkte Alice
"I wish they would pull me out the window"
"Jag önskar att de kunde dra ut mig genom fönstret"
She waited for some time
Hon väntade en stund
but for a while she didn't hear anything more
Men för en stund hörde hon inget mer
At last came a rumbling of little wheels
Till slut hördes ett mullrande av små hjul
and there came the sound of a good many voices
Och där hördes en hel del röster
all the voices were talking together
Alla rösterna talade med varandra
She could make out some of the words
Hon kunde urskilja några av orden
"Where's the other ladder?"
"Var är den andra stegen?"
"Bill's got the other ladder"
"Bill har den andra stegen"
"Bill, come here!"
"Bill, kom hit!"
"Will the roof bear the load?"
"Kommer taket att bära lasten?"
"Who wants to go down the chimney?"
"Vem vill gå ner i skorstenen?"
"Nay, I shall not! You do it!"
"Nej, det ska jag inte! Du gör det!"
"Here, Bill!"
»Här, Bill!»
"The master says you've got to go down the chimney!"
"Mästaren säger att du måste gå ner i skorstenen!"
Alice drew her foot as far down the chimney as she could
Alice drog sin fot så långt ner i skorstenen som hon kunde
and then she waited to see what was coming

Och sedan väntade hon för att se vad som skulle komma
she heard a little animal scratching and scrambling
Hon hörde ett litet djur krafsa och kravla
the little animal must be in the chimney
Det lilla djuret måste vara i skorstenen
then she gave one sharp kick
Sedan gav hon en skarp spark
and she waited to see what would happen next
Och hon väntade för att se vad som skulle hända härnäst
she heard a general chorus of voices
Hon hörde en allmän kör av röster
"There goes Bill!" they all said
»Där går Bill!» sade de allesammans
then she heard the rabbit's voice alone
Då hörde hon bara kaninens röst
"You by the hedge, catch him!"
"Du vid häcken, fånga honom!"
there was another moment of silence
Det blev ännu en stunds tystnad
and then there was another confusion of voices
Och så blev det ett annat virrvarr av röster
"Hold up his head, Brandy"
»Håll upp hans huvud, Brandy»
"be careful not to choke him"
"Var försiktig så att du inte kväver honom"
"What happened to you?"
"Vad har hänt med dig?"
Last came a little feeble, squeaking voice
Sist hördes en liten svag, gnisslande röst
"Well, I hardly know no more"
"Ja, jag vet knappt mer"
"thank you all, I'm better now"
"Tack alla, jag mår bättre nu"
"there is one thing I can remember"
"det finns en sak jag kan komma ihåg"
"something comes at me like a train in a tunnel"
"Något kommer emot mig som ett tåg i en tunnel"

"and up I fly like a sky-rocket!"
"och upp flyger jag som en raket!"
there was a minute or two of silence
Det blev en tyst minut eller två
and then they began moving about again
Och sedan började de röra på sig igen
and Alice heard the Rabbit speak again
och Alice hörde kaninen tala igen
"A barrowful will do, to begin with"
"En kärra duger, till att börja med"
"A barrowful of what?" thought Alice
»En kärra av vad?» tänkte Alice
But she was not kept in suspense for long
Men hon hölls inte i ovisshet länge
a shower of little pebbles came through the window
En skur av små stenar kom in genom fönstret
and some of the little pebbles hit her in the face
och några av de små stenarna träffade henne i ansiktet
Alice was surprised about the little pebbles
Alice blev förvånad över de små stenarna
all the little pebbles were turning into cakes
Alla de små stenarna höll på att förvandlas till kakor
and a bright idea came into her head
Och en ljus idé dök upp i hennes huvud
"I should eat one of these cakes"
"Jag borde äta en sån där kaka"
"cake is sure to make some change in my size"
"Tårtan kommer säkert att göra en förändring i min storlek"
So she swallowed one of the cakes
Så hon svalde en av kakorna
and she was delighted to find that she began shrinking
Och hon blev förtjust när hon upptäckte att hon började
krympa
soon she was small enough to get through the door
Snart var hon tillräckligt liten för att komma in genom dörren
she ran out of the house
Hon sprang ut ur huset

a crowd of little animals and birds were waiting outside
En skara små djur och fåglar väntade utanför
all the little birds and animals rushed at Alice
alla de små fåglarna och djuren rusade mot Alice
but she ran off as fast as she could
Men hon sprang iväg så fort hon kunde
and soon she found herself safe in a thick wood
Och snart befann hon sig i säkerhet i en tät skog
Alice wandered about in the woods
Alice vandrade omkring i skogen
and she thought to herself:
Och hon tänkte för sig själv:
"I know what I have to do first"
"Jag vet vad jag måste göra först"
"first I have to grow to my right size again"
"först måste jag växa till min rätta storlek igen"
"and then I have to find my way into that lovely garden"
"och sen måste jag hitta in i den där vackra trädgården"
"I suppose I ought to eat or drink something or other"
"Jag antar att jag borde äta eller dricka det ena eller det andra"
"but the question is what should I eat or drink?"
"men frågan är vad jag ska äta eller dricka?"
Alice looked all around her at the flowers
Alice såg sig omkring på blommorna
and she looked through the blades of grass
Och hon såg genom grässtråna
but she could not see anything to eat or drink
Men hon kunde inte se något att äta eller dricka
nothing looked like the right thing to eat or drink
Ingenting såg ut som det rätta att äta eller dricka
There was a large mushroom growing near her
Det växte en stor svamp i närheten av henne
the mushroom was about the same height as Alice
svampen var ungefär lika hög som Alice
She stretched herself up on tiptoes
Hon sträckte ut sig på tå
and she peeped over the edge of the mushroom

och hon kikade över kanten på svampen
her eyes immediately met the eyes of a large blue caterpillar
Hennes blick mötte genast blicken på en stor blå larv
the caterpillar was sitting on the top of the mushroom
Larven satt på toppen av svampen
and the caterpillar had crossed all his arms
och larven hade lagt armarna i kors
and he was quietly smoking a long hookah
och han rökte tyst en lång vattenpipa
and he took not the smallest notice of anything
Och han brydde sig inte det minsta om någonting
and he certainly didn't pay attention to Alice
och han brydde sig verkligen inte om Alice

Advice from a caterpillar
Råd från en larv

At last the caterpillar took the hookah out of its mouth
Till slut tog larven ut vattenpipan ur munnen
and he addressed Alice in a languid, sleepy voice
och han vände sig till Alice med en slö, sömnig röst
"Who are you?" said the caterpillar
"Vem är du?" frågade larven

Alice replied, rather shyly, "I hardly know, sir"
Alice svarade, ganska blygt, "Jag vet knappt, sir"
"just at the moment it's all a bit..."
"Just nu är det bara lite..."
"I know who I was when I got up this morning""
"Jag vet vem jag var när jag steg upp i morse""
"but I think I must have changed several times since then"
"men jag tror att jag måste ha förändrats flera gånger sedan
dess"
"What do you mean by that?" said the caterpillar
»Vad menar du med det?» sade larven

sternly the caterpillar asked her to explain herself
Strängt bad larven henne att förklara sig
"I can't explain myself, I'm afraid, sir," said Alice
»Jag kan inte förklara mig, är jag rädd», sade Alice
"because I'm not myself"
"för att jag inte är mig själv"
"you see, being so many different sizes in a day is very confusing"
"Du förstår, det är väldigt förvirrande att vara så många olika storlekar på en dag"
She pulled herself up and said very gravely:
Hon reste sig upp och sade mycket allvarligt:
"I think you ought to tell me who you are, first"
"Jag tycker att du först ska tala om för mig vem du är"
"Why?" said the caterpillar
»Varför?» sade larven
Alice could not think of any good reason
Alice kunde inte komma på någon bra anledning
and the caterpillar seemed to be in a very unpleasant state of mind
Och larven verkade vara i ett mycket obehagligt sinnestillstånd
so she turned away
Så hon vände sig bort
"Come back!" the caterpillar called after her
"Kom tillbaka!" ropade larven efter henne
"I've something important to say!"
"Jag har något viktigt att säga!"
Alice turned and came back again
Alice vände sig om och kom tillbaka igen
"Keep your temper," said the caterpillar
»Behåll ditt humör», sade larven
"Is that all?" said Alice
"Är det allt?" sa Alice
and she swallowed her anger as well as she could
Och hon svalde sin vrede så gott hon kunde
"No," said the caterpillar

"Nej", sa larven

the caterpillar unfolded its arms

Larven vecklade ut armarna

and he took the hookah out of his mouth again

Och han tog ut vattenpipan ur munnen igen

and he said, "So you think you're changed, do you?"

Och han sade: "Så du tror att du har förändrats, eller hur?"

"I'm afraid, I am changed, sir," said Alice

»Jag är rädd, jag är förändrad, sir», sade Alice

"I can't remember things as I used to remember them"

"Jag kan inte komma ihåg saker som jag brukade komma ihåg dem"

"and I don't stay the same size for more than ten minutes!"

"och jag håller inte samma storlek i mer än tio minuter!"

"What size do you want to be?" asked the caterpillar

"Vilken storlek vill du ha?" frågade larven

"Oh, I don't particularly mind what size I am," Alice hastily replied

"Åh, jag bryr mig inte så mycket om vilken storlek jag har", svarade Alice hastigt

"I just don't like changing size so often, you know"

"Jag gillar bara inte att byta storlek så ofta, vet du"

"I would like to be a little larger, sir"

"Jag skulle vilja vara lite större, sir"

"if you wouldn't mind," added Alice

»om du inte har något emot det», tillade Alice

"Ten centimetres is such a wretched height to be"

"Tio centimeter är en så eländig höjd att vara"

"It is a very good height indeed!" said the caterpillar angrily

»Det är verkligen en mycket bra höjd!» sade larven ilsket

and he reared itself upright as he spoke

Och han reste sig upprätt medan han talade

he was exactly ten centimetres high

Han var exakt tio centimeter lång

In a minute or two, the caterpillar got down off the mushroom

På en minut eller två kom larven ner från svampen

and he crawled away into the grass
Och han kröp bort i gräset
as he went away, he made some little remarks
När han gick därifrån gjorde han några små anmärkningar
"One side will make you grow taller"
"En sida kommer att få dig att bli längre"
"and the other side will make you grow shorter"
"Och den andra sidan kommer att få dig att bli kortare"
"One side of what?" thought Alice to herself
"En sida av vad?" tänkte Alice för sig själv
"The other side of what?"
"Den andra sidan av vad?"
"the side of the mushroom," said the caterpillar
»Sidan av svampen», sade larven
it was as if she had asked her question aloud
Det var som om hon hade ställt sin fråga högt
and in another moment, he was out of sight
Och i ett annat ögonblick var han utom synhåll
Alice remained looking thoughtfully at the mushroom
Alice stod kvar och tittade tankfullt på svampen
she was trying to make out which were the two sides of the
mushroom
Hon försökte urskilja vilka som var de två sidorna av
svampen
At last she stretched her arms around the mushroom
Till sist sträckte hon armarna om svampen
and she broke off a bit of the edges
och hon bröt av lite av kanterna
"And now, which side is which?" she said to herself
»Och nå, vilken sida är vilken?» sade hon för sig själv
and she nibbled a little of the right-hand bit
och hon knaprade lite på den högra biten
The next moment she felt a violent blow underneath her
chin
I nästa ögonblick kände hon ett våldsamt slag under hakan
her chin had struck her foot!
Hennes haka hade slagit i foten!

She was a good deal frightened by this very sudden change
Hon blev en hel del skrämd av denna mycket plötsliga
förändring
she was shrinking very rapidly
Hon krympte mycket snabbt
so she quickly ate some of the other bit of mushroom
Så hon åt snabbt upp lite av den andra svampen
Her chin was pressed very closely against her foot
Hennes haka var pressad tätt mot hennes fot
there was hardly room to open her mouth
Det fanns knappt plats att öppna munnen
but she did at last manage to open her mouth
Men till slut lyckades hon öppna munnen
and she swallowed a morsel of the left-hand bit
Och hon svalde en bit av den vänstra biten
"my head's been freed at last!" said Alice
"Äntligen har mitt huvud blivit befriat!" sa Alice
she looked down at herself
Hon såg ner på sig själv
but all she could see was an immense length of neck
Men allt hon kunde se var en ofantlig längd på halsen
her neck seemed to rise like a stalk
Hennes hals tycktes resa sig som en stjälk
and she looked down over a sea of green leaves
Och hon såg ner över ett hav av gröna löv
"Where have my shoulders gotten to?"
"Vart har mina axlar tagit vägen?"
"And oh, my poor hands, how is it I can't see you?"
»Och åh, mina stackars händer, hur kommer det sig, att jag
inte kan se dig?»
but her neck did have one benefit
Men hennes nacke hade en fördel
she could move her head in any direction
Hon kunde röra huvudet åt vilket håll som helst
in fact, she was just like a serpent
I själva verket var hon precis som en orm
she gracefully zigzagged her head down

Hon sicksackade graciöst med huvudet nedåt
and she moved her head through the trees
Och hon rörde sitt huvud mellan träden
but then she heard a sharp hiss
Men så hörde hon ett skarpt väsande
and she quickly pulled her head back
Och hon drog snabbt huvudet bakåt
a large pigeon had flown into her face
En stor duva hade flugit in i hennes ansikte
and the pigeon was violently with its wings
och duvan var våldsamt med sina vingar

"Serpent!" cried the pigeon
»Ormen!» ropade duvan
"I'm not a serpent!" said Alice indignantly
»Jag är ingen orm!» sade Alice upprört
"Leave me alone!"
"Lämna mig ifred!"
"I've tried the roots of trees"
"Jag har provat trädens rötter"
"and I've tried hedges," the pigeon went on
"Och jag har provat häckar", fortsatte duvan
"but those serpents! There's no pleasing them!"
"Men de där ormarna! Det går inte att behaga dem!"
Alice was more and more puzzled
Alice blev mer och mer förbryllad
"As if it wasn't trouble enough hatching the eggs," said the
pigeon
»Som om det inte vore besvär nog att kläcka äggen», sade
duvan
"by night and day I must look out for serpents too!"
"natt och dag måste jag också se upp för ormar!"
"I had just found the highest tree in the forest"
"Jag hade precis hittat det högsta trädet i skogen"
"surely I'd be free from serpents here?"
"Visst skulle jag vara fri från ormar här?"
"and out comes a serpent from the sky!"
"Och ut kommer en orm från himlen!"
"But I'm not a serpent, I tell you!" said Alice
"Men jag är ingen orm, det ska jag säga dig!" sa Alice
"I'm a... I'm a... I'm a little girl," she added rather doubtfully
"Jag är en... Jag är en... Jag är en liten flicka», tillade hon litet
tveksamt
she had after all been going through a lot of changes
Hon hade trots allt gått igenom en hel del förändringar
"You're looking for eggs," said the pigeon
"Du letar efter ägg", sa duvan
"I know that for a fact"
"Det vet jag med säkerhet"

"and what does it matter if you're a little girl or a serpent?"
"Och vad spelar det för roll om du är en liten flicka eller en orm?"
"It matters a good deal to me," said Alice hastily
»Det betyder mycket för mig», sade Alice hastigt
"but I'm not lookång for eggs, as it happens"
"men jag letar inte efter ägg, som det råkar vara"
"and I wouldn't want your eggs anyway"
"och jag skulle inte vilja ha dina ägg i alla fall"
"I don't like my eggs raw"
"Jag gillar inte mina ägg råa"
"Well, be off then!" said the pigeon in a sulky tone
»Nå, ge dig av då!» sade duvan surmulen
and the pigeon settled down again into its nest
och duvan slog sig åter ner i sitt bo
Alice crouched down among the trees as well as she could
Alice hukade sig ner bland träden så gott hon kunde
her neck kept getting entangled among the branches
Hennes nacke trasslade hela tiden in sig bland grenarna
every now and then she had to stop and untwist her neck
Då och då var hon tvungen att stanna och vrida upp nacken
After awhile she remembered the mushroom
Efter en stund kom hon ihåg svampen
she still held the pieces of mushroom in her hands
Hon höll fortfarande svampbitarna i sina händer
and she set to work very carefully
Och hon skred till verket mycket försiktigt
first she nibbled at one piece
Först knaprade hon på ett stycke
and then she nibbled at the other piece
Och så knaprade hon på den andra biten
sometimes she grew taller
Ibland blev hon längre
and sometimes she grew shorter
och ibland blev hon kortare
but finally she achieved her usual height
Men till slut uppnådde hon sin vanliga längd

she hadn't been her own height for some time
Hon hade inte varit sin egen längd på ett tag
so everything felt strange for a while
Så allt kändes konstigt ett tag
"The next thing to do is to get into that beautiful garden"
"Nästa sak att göra är att ta sig in i den vackra trädgården"
"how is that to be done, I wonder?"
"Hur skall det gå till, undrar jag?"
As she said this, she came upon an open place
När hon sade detta, kom hon till en öppen plats
there was a little house, a bit higher than a metre
Det fanns ett litet hus, lite högre än en meter
"I wonder who lives in this little house"
"Jag undrar vem som bor i det här lilla huset"
"I certainly can't go in as big as I am"
"Jag kan verkligen inte gå in så stor som jag är"
"I would frighten them terribly!"
"Jag skulle skrämma dem fruktansvärt!"
so she nibbled at the little mushroom again
Så hon knaprade på den lilla svampen igen
and soon she brought herself down thirty centimetres
Och snart tog hon sig ner trettio centimeter

A pig and some pepper
En gris och lite peppar
For a minute or two she stood looking at the house
I en minut eller två stod hon och tittade på huset
suddenly a footman came running out of the woods
Plötsligt kom en springpojke springande ut ur skogen
he was wearing a special livery uniform
Han var klädd i en speciell livréuniform
judging by his face only, she would have called him a fish
Att döma av hans ansikte skulle hon ha kallat honom en fisk
and he rapped loudly at the door with his knuckles
och han knackade högljutt på dörren med knogarna
the door was opened by another footman
Dörren öppnades av en annan betjänt
this footman too was wearing a special livery
Även denna betjänt var klädd i en speciell livré
this footman had a round face and large eyes like a frog
Denne betjänt hade ett runt ansikte och stora ögon som en
groda

The footman that looked like a fish initiated the ceremony
Betjänten som såg ut som en fisk inledde ceremonin
he pulled out something from under his arm
Han drog fram något under armen
and he pulled out from under his arm an envelope
Och han tog fram ett kuvert under armen
and this envelope he handed over to the other footman
Och detta kuvert räckte han över till den andre drängen
in a ceremonious tone he told him the orders
I högtidlig ton gav han honom orderna
"This message is for the Duchess"
"Det här meddelandet är till hertiginnan"
"An invitation from the queen to play croquet"
"En inbjudan från drottningen att spela krocket"
The footman that looked like a frog repeated the order
Betjänten som såg ut som en groda upprepade ordern
"from the queen"
"Från drottningen"
"an invitation"
"En inbjudan"
"for the Duchess"
"för hertiginnan"
"playing croquet"
"Spela krocket"
Then they both bowed low
Sedan bugade de sig båda djupt
and the curls in their wigs got entangled together
och lockarna i deras peruker trasslade in sig i varandra
soon the footman that looked like a fish was gone
Snart var drängen som såg ut som en fisk borta
but the footman that looked like a frog was still there
Men drängen som såg ut som en groda var kvar
he was sitting on the ground near the door
Han satt på marken nära dörren
he was staring stupidly up into the sky
Han stirrade dumt upp i skyn
Alice went timidly up to the door and knocked

Alice gick försynt fram till dörren och knackade på
"There's no use in knocking," said the footman
»Det tjänar ingenting till att knacka», sade drängen
"and that is for two reasons"
"Och det av två skäl"
"First, because I'm on the same side of the door as you are"
"För det första för att jag är på samma sida av dörren som du"
"secondly, because they're making so much noise inside"
"För det andra för att de gör så mycket oväsen inuti"
"no one could possibly hear you"
"Ingen kunde höra dig"
And there certainly was a most extraordinary noise going on
within
Och det var sannerligen ett högst märkvärdigt oväsen som
pågick därinne
a constant howling and sneezing
ett konstant ylande och nysande
and every now and then a sound of great crashing
och då och då ett ljud av ett stort brak
as if a dish or kettle had been broken to pieces
som om en tallrik eller vattenkokare hade slagits i bitar
"How am I to get in?" asked Alice
"Hur ska jag komma in?" frågade Alice
"Should you get in at all?" said the footman
»Ska ni stiga in över huvud taget?» sade drängen
"That's the first question, you know"
"Det är den första frågan, vet du"
Alice opened the door and went in
Alice öppnade dörren och gick in
The door led right into a large kitchen
Dörren ledde rakt in i ett stort kök
the kitchen was full of smoke from one end to the other
Köket var fullt av rök från ena änden till den andra
in the middle of the kitchen was the Duchess
mitt i köket stod hertiginnan
she was sitting on a three-legged stool
Hon satt på en trebent pall

and she was nursing a baby
och hon ammade ett barn
the cook was leaning over the fire
Kocken stod lutad över elden
he was stirring a large caldron
Han rörde om i en stor kittel
and the caldron seemed to be full of soup
och kitteln tycktes vara full av soppa
"There's certainly too much pepper in that soup!" Alice said to herself
"Det är verkligen för mycket peppar i den där soppan!" sa Alice till sig själv
she said it as best she could without sneezing
Hon sa det så gott hon kunde utan att nysa
Even the Duchess sneezed occasionally
Till och med hertiginnan nös då och då
but the baby's actions were the most noteworthy
Men barnets handlingar var de mest anmärkningsvärda
the baby was sneezing and howling alternately
Bebisen nös och ylade om vartannat
there was not a moment's pause between howling and sneezing
Det gick inte ett ögonblicks paus mellan tjut och nysningar
There were two creatures in the kitchen that did not sneeze
Det fanns två varelser i köket som inte nös
the cook was too busy to sneeze
Kocken var för upptagen för att nysa
and the large cat did not seem to mind the pepper
Och den stora katten verkade inte bry sig om pepparn
instead, the large cat was grinning from ear to ear
I stället flinade den stora katten från öra till öra
"Please would you tell me," said Alice, a little timidly
"Var snäll och berätta det för mig", sa Alice lite blygt
"why is your cat grinning like that?"
"Varför flinar din katt så där?"
"It's a Cheshire-Cat," said the Duchess
»Det är en Cheshirekatt», sade hertiginnan

"and that's why he's grinning from ear to ear"
"Och det är därför han flinar från öra till öra"
"I didn't know that a Cheshire-Cat always grinned"
"Jag visste inte att en Cheshire-Cat alltid flinade"
"in fact, I didn't know that cats could grin," said Alice
"Jag visste faktiskt inte att katter kunde grina", säger Alice
"there is much you don't know," said the Duchess
»Det är mycket du inte vet», sade hertiginnan
"there is much you don't know and that's a fact"
"Det är mycket man inte vet och det är ett faktum"
Just then the cook took the caldron of soup off the fire
Just då tog kocken grytan med soppa från elden
and at once she started throwing everything within her reach
Och med ens började hon kasta allt inom räckhåll
she threw everything she could at the Duchess and the babe
hon kastade allt hon kunde på hertiginnan och barnet
first she threw the fire-irons
Först kastade hon eldjärnen
then she threw a handful of saucepans
Sedan kastade hon en handfull kastruller
and finally she threw the plates and dishes
Och till sist kastade hon tallrikar och fat
The Duchess took no notice of her
Hertiginnan tog ingen notis om henne
even when she was hit by a plate she did not worry
Inte ens när hon blev träffad av en tallrik oroade hon sig
the baby was already howling so much
Bebisen ylade redan så mycket
so it was impossible to say whether the blows hurt the baby
or not
Så det var omöjligt att säga om slagen skadade barnet eller
inte
"Oh, please mind what you're doing!" cried Alice
"Åh, snälla, tänk på vad du gör!" ropade Alice
and she jumped up and down in an agony of terror
Och hon hoppade upp och ner i skräckångest
the Duchess offered Alice the baby

Hertiginnan erbjöd barnet Alice

"Here! You may nurse the baby a bit, if you like!"

"Här! Du kan amma barnet lite, om du vill!"

and she flung the baby at her as she spoke

Och hon kastade barnet mot henne, medan hon talade

"I must go and get ready to play croquet with the queen"

"Jag måste gå och göra mig i ordning för att spela krocket med drottningen"

and she hurried out of the room

Och hon skyndade sig ut ur rummet

Alice caught the baby with some difficulty

Alice fångade barnet med viss svårighet

because it was a very odd-shaped little creature

för det var en mycket underligt formad liten varelse

and the baby held out its arms and legs in all directions

Och barnet sträckte ut armar och ben åt alla håll

"I better take this child away with me," thought Alice

"Det är bäst att jag tar det här barnet med mig", tänkte Alice

"they're sure to kill this baby in a day or two"

"De kommer säkert att döda den här bebisen om en dag eller två"

"Wouldn't it be murder to leave this baby behind?"

"Skulle det inte vara mord att lämna det här barnet bakom sig?"

She said the last words out loud

Hon sa de sista orden högt

and the little thing grunted in reply

och den lilla varelsen grymtade till svar

"you best not turn into a pig, my dear," said Alice

"Det är bäst att du inte förvandlas till ett svin, min kära", sa Alice

"or else I'll have nothing more to do with you"

"annars har jag inget mer med dig att göra"

Alice was just beginning to think to herself:

Alice hade just börjat tänka för sig själv:

"Now, what am I to do with this creature, when I get it home?"

»Nå, vad skall jag göra med den här varelsen, när jag får hem den?»

but then the little creature grunted a little violently

Men då grymtade den lilla varelsen lite våldsamt

and Alice looked down into its face in some alarm

och Alice såg förskräckt ner i dess ansikte

This time there could be no mistake about it

Den här gången gick det inte att ta miste på det

it was neither more nor less than a pig

Den var varken mer eller mindre än en gris

so she set the little creature down

Och hon satte ner den lilla varelsen

and the little creature trot away quietly into the wood

och den lilla varelsen travade lugnt bort in i skogen

Alice felt quite relieved to see the creature go

Alice kände sig ganska lättad över att se varelsen gå

Alice was a little startled by seeing the Cheshire-Cat

Alice blev lite skrämd av att se Cheshire-katten

it was sitting on a bough of a tree a few yards off

Den satt på en gren i ett träd några meter bort

The cat only grinned when it saw her

Katten bara flinade när den såg henne

"Cheshire-cat," began Alice, rather timidly

»Cheshire-katt», började Alice litet försagd

"would you please tell me which way I ought to go from here?"

"Vill du vara snäll och tala om för mig vilken väg jag ska gå härifrån?"

"In that direction," the cat said

"I den riktningen", sa katten

and it waved the right paw around

och den viftade med höger tass

"In that direction lives a maker of hats"

"I den riktningen bor en hattmakare"

and then the cat waved its other paw

Och så viftade katten med sin andra tass

"and in that direction lives a march hare"

"Och åt det hållet bor en marshare"
"Visit either you like; they're both mad"
"Besök vem du vill; de är båda galna"
"But I don't want to go among mad people," Alice remarked
"Men jag vill inte gå bland galna människor", sa Alice
"Oh, you can't help that," said the Cat
"Åh, det kan du inte hjälpa", sa katten
"we're all mad here"
"Vi är alla galna här"
"are you playing croquet with the queen today?"
"Spelar du krocket med drottningen idag?"
"I would like to very much," said Alice
"Det skulle jag gärna vilja", sa Alice
"but I haven't been invited yet"
"men jag har inte blivit inbjuden än"
"You'll see me there," said the Cat
"Du kommer att se mig där", sa katten
and from one moment to the next the cat vanished
Och från den ena stunden till den andra försvann katten
soon Alice got in sight of the house of the march hare
Snart fick Alice syn på marsharens hus
this was a very large house
Detta var ett mycket stort hus
so Alice did not want to go near the house
så Alice ville inte gå nära huset
first she had to nibble some more of the left side bit of mushroom
Först var hon tvungen att knapra lite mer av den vänstra sidan av svampen

a mad tea-party
En galen tebjudning

In front of the house there was a tree
Framför huset stod ett träd
and under the tree there was a table
och under trädet fanns ett bord
and the table was set with all sorts of cutlery
Och bordet var dukat med allehanda bestick
the march hare and the hat maker were at the table
Marsharen och hattmakaren satt till bords
and together they were having tea
och tillsammans drack de te
a dormouse was sitting between them
En hasselmus satt mellan dem
and the dormouse was fast asleep
och hasselmusen sov djupt
The table was of extraordinary size
Bordet var av extraordinär storlek
but most of the table was unoccupied
Men större delen av bordet var tomt
they sat crowded together at one corner of the table
De satt tätt ihop i ena hörnet av bordet
and yet they made excuses when they saw Alice
och ändå kom de med ursäkter när de såg Alice
"No room! No room!" they cried out
"Ingen plats! Ingen plats!» ropade de
"There's plenty of room!" said Alice indignantly
"Det finns gott om plats!" sa Alice upprört
at one end of the table there was a large arm-chair
I ena ändan av bordet stod en stor länstol
and Alice sat herself in the armchair
och Alice satte sig i fåtöljen
the hat maker opened his eyes very wide
Hattmakaren spärrade upp ögonen
he couldn't believe what he was seeing
Han kunde inte tro sina ögon
but his mind was curious about other things

Men hans sinne var nyfiket på annat
"Why is a raven like a writing-desk?"
»Varför är en korp lik ett skrivbord?»
Alice was open to the challenge
Alice var öppen för utmaningen
"I'm glad they've begun asking riddles"
"Jag är glad att de har börjat ställa gåtor"
"I believe I can guess that," she added aloud
»Jag tror jag kan gissa det», tillade hon högt
The march hare grew curious about Alice
Marschharen blev nyfiken på Alice
"Do you really think you can find the answer?"
"Tror du verkligen att du kan hitta svaret?"
"I think I can find the answer indeed," said Alice
"Jag tror att jag kan hitta svaret faktiskt", sa Alice
**"Then you should say what you mean," the march hare went
on**
»Då får du säga vad du menar», fortfor marschharen
"I do say what I mean," Alice hastily replied
"Jag säger vad jag menar", svarade Alice hastigt
"at the very least I mean what I say"
"jag menar i alla fall vad jag säger"
"that's the same thing, you know"
"Det är samma sak, vet du"
the dormouse also contributed to the conversation
Hasselmusen bidrog också till samtalet
but the dormouse seemed to be talking in its sleep
men hasselmusen tycktes tala i sömnen
"I breathe when I sleep"
"Jag andas när jag sover"
"I sleep when I breathe!"
"Jag sover när jag andas!"
"you might as well say they are the same too"
"Man kan lika gärna säga att de är likadana också"
"It is the same thing with you," said the hat maker
»Det är samma sak med dig», sade hattmakaren
and he poured a little tea on the dormouse's nose

och han hällde lite te på hasselmusens näsa
The Dormouse shook its head impatiently
Dormouse skakade otåligt på huvudet
and again the dormouse spoke, without opening its eyes
Och åter talade hasselmusen utan att öppna ögonen
"Of course, of course it is the same"
"Självklart, det är klart att det är likadant"
"that's just what I was going to say myself"
"det var bara vad jag själv tänkte säga"

The hat maker turned to Alice and asked another question
Hattmakaren vände sig till Alice och ställde en annan fråga
"Have you guessed the riddle yet?"
"Har du gissat gåtan än?"
"No, I give up," Alice conceded
"Nej, jag ger upp", medgav Alice
"What's the answer?" she wanted to know
"Vad är svaret?" ville hon veta

"I haven't the slightest idea," said the hat maker
»Jag har inte den ringaste aning», sade hattmakaren
"Nor do I know," said the march hare
»Det vet jag inte heller», sade fältharen
Alice gave a weary sigh
Alice gav ifrån sig en trött suck
"there are better uses of time than riddles without answers"
"Det finns bättre sätt att använda tiden än gåtor utan svar"
"have some more tea," the march hare said to Alice, very earnestly
»Drick litet mer te», sade marschharen mycket allvarligt till Alice
Alice was quite offended by the offer
Alice blev ganska förolämpad av erbjudandet
"I've had not had tea yet," Alice replied
"Jag har inte druckit te än", svarade Alice
"therefore I can't have any more tea"
"därför kan jag inte dricka mer te"
"You mean you can't have less tea," said the hat maker
»Du menar, att du inte kan dricka mindre te?» sade hattmakaren
"it's very easy to take more than nothing"
"Det är väldigt lätt att ta mer än ingenting"
At this, Alice got up and walked off
Då reste sig Alice och gick iväg
The dormouse fell asleep instantly
Hasselmusen somnade genast
and neither of the others took the least notice of her going
Och ingen av de andra brydde sig det minsta om att hon gick
though she looked back once or twice
fast hon såg sig om ett par gånger
they were trying to put the dormouse into the tea-pot
De försökte sätta hasselmusen i tekannan
"At any rate, I'll never go there again!" said Alice
"Jag kommer i alla fall aldrig att gå dit igen!" sa Alice
and she walked her way through the woods
Och hon gick sin väg genom skogen

"that was the stupidest tea-party I've ever been to"
"det var det dummaste tebjudning jag någonsin varit på"
Just as she said this, she noticed something
Just som hon sade detta, lade hon märke till något
one of the trees had a door leading right into it
Ett av träden hade en dörr som ledde rakt in i det
"That's very interesting!" she thought
"Det är mycket intressant!" tänkte hon
"I think I may as well go through the door"
"Jag tror att jag lika gärna kan gå in genom dörren"
And through the door she went
Och genom dörren gick hon
Once more she found herself in the long hall
Än en gång befann hon sig i den långa hallen
again she was close to the little glass table
Åter stod hon tätt intill det lilla glasbordet
she took the little golden key
Hon tog den lilla gyllene nyckeln
and she unlocked the door that led into the garden
Och hon låste upp dörren som ledde ut i trädgården
Then she set to work nibbling at the mushroom
Sedan satte hon igång med att knapra på svampen
she had kept a piece of the mushroom in her pocket
Hon hade haft en bit av svampen i fickan
and finally she was about a metre tall
Och till slut var hon ungefär en meter lång
then she walked down the little corridor
Sen gick hon genom den lilla korridoren
and then she finally found herself in the beautiful garden
Och så befann hon sig äntligen i den vackra trädgården
and she was among the bright flower and the cool fountains
Och hon var bland den ljusa blomman och de svala fontänerna

The queen's croquet ground

Drottningens krocketplan

A large rose-tree stood near the entrance of the garden

Ett stort rosenträd stod nära ingången till trädgården

the roses growing on the tree were white

Rosorna som växte på trädet var vita

but there were three gardeners painting the rose

Men det var tre trädgårdsmästare som målade rosen

they were busily painting the roses red

De var ivrigt sysselsatta med att måla rosorna röda

and Alice was watching them paint the roses red

och Alice tittade på när de målade rosorna röda

and suddenly their eyes chanced to fall upon Alice

och plötsligt råkade deras blickar falla på Alice

Alice spoke a little timidly

Alice talade lite försagt

"Would you tell me, please;"

"Vill du vara snäll och berätta det för mig?"

"why are you all painting those roses?"

"Varför målar ni alla de där rosorna?"

five and seven said nothing, but looked at two

Fem och sju sade ingenting, men tittade på två

two spoke, in a low voice

Två talade med låg röst

"Why, the fact is, you see, madam"

»Ja, faktum är ju så, min fru.»

"this here ought to have been a red rose-tree"

"Det här borde ha varit ett rött rosenträd"

"and we put a white rose-tree in by mistake"

"Och vi satte in ett vitt rosenträd av misstag"

"as you would agree, the queen must not find out"

"Som ni säkert håller med om får drottningen inte ta reda på det"

"else we would all have our heads cut off"

"Annars skulle vi alla få våra huvuden avhuggna"

"So you see, madam, we're doing our best"

"Så ser ni, frun, vi gör vårt bästa"

card five had been anxiously looking across the garden
Kort fem hade oroligt tittat ut över trädgården
At this moment card five called out, "The queen! The queen!"
I detta ögonblick ropade kort fem: "Damen! Drottningen!"
and the three gardeners instantly scurried away
Och de tre trädgårdsmästarna skyndade genast iväg
and they threw themselves flat upon their faces
och de kastade sig platt på sina ansikten
There was a sound of many footsteps
Det hördes många fotsteg
Alice looked around, eager to see the queen
Alice såg sig omkring, ivrig att få se drottningen
At the start of the procession were ten soldiers
I början av processionen stod tio soldater
their hands and feet were in the corners
Deras händer och fötter var i hörnen
and in their hands and feet were clubs
och i deras händer och fötter hade de klubbor
next came the ten courtiers
Därnäst kom de tio hovmännen
the courtiers were ornamented all over with diamonds
Hovmännen var överallt prydda med diamanter
After the courtiers came the royal children
Efter hovmännen kom de kungliga barnen
there were ten of the royal children
Det fanns tio av de kungliga barnen
and all the royal children were ornamented with hearts
Och alla de kungliga barnen var smyckade med hjärtan
Next came the guests; mostly kings and queens
Därefter kom gästerna; Mestadels kungar och drottningar
and among the kings and queen Alice saw someone
och bland kungarna och drottningen såg Alice någon
she saw again the white rabbit she had chased
Hon såg åter den vita kaninen som hon hade jagat
The procession was followed the knave of hearts
Processionen följdes av hjärtans knekt

he was carrying the king's crown
Han bar kungens krona
and the king's crown was on a crimson velvet cushion
och kungens krona låg på en karmosinröd sammetskudde
and then came the end of this grand procession
Och så kom slutet på denna storslagna procession
and there at the end were the king and queen of hearts
Och där i slutet var hjärter kung och drottning
the procession came opposite to Alice
processionen kom mitt emot Alice
and they all stopped and looked at her
Och de stannade alla och såg på henne
and the queen said severely, "Who is this?"
Och drottningen sade allvarligt: »Vem är detta?»
She said it to the Knave of Hearts
Hon sa det till Hjärter Knekt
but he just bowed and smiled in reply
Men han bara bugade och log till svar
Alice spoke very politely
Alice talade mycket artigt
"My name is Alice, so please your majesty"
"Mitt namn är Alice, så snälla ers majestät"
but she had other thoughts to herself
Men hon hade andra tankar för sig själv
"they're only a pack of cards, after all!"
"De är ju bara en kortlek!"
"Can you play croquet?" shouted the queen
"Kan du spela krocket?" ropade drottningen
The question was evidently meant for Alice
Frågan var tydligen menad för Alice
"Yes!" said Alice loudly
"Ja!" sa Alice högt
"Come play then!" roared the queen
»Kom och lek då!» röt drottningen
a timid voice spoke to Alice
en skygg röst talade till Alice
"it's a very fine day!"

"Det är en mycket fin dag!"
She was walking by the white rabbit
Hon gick förbi den vita kaninen
and the White Rabbit was peeping anxiously into her face
och den vita kaninen tittade oroligt i ansiktet på henne
"a very fine day indeed," confirmed Alice
"En mycket vacker dag faktiskt", bekräftade Alice
"Where's the duchess?"
»Var är hertiginnan?»
"Hush! Hush!" said the Rabbit
"Tyst! Tyst!» sade kaninen
"She's under sentence of execution"
"Hon är dömd till avrättning"
"What is she being executed for?" asked Alice
"Varför blir hon avrättad?" frågade Alice
"She scuffed the queen's ears," the rabbit began
»Hon skrapade drottningens öron», började kaninen
the queen shouted in a voice of thunder
ropade drottningen med tordönsröst
"Get to your places!"
"Gå till era platser!"
and people began running about in all directions
och folk började springa åt alla håll
and they all tumbled up against each other
och de tumlade alla ihop mot varandra
However, they got settled down in a minute or two
Men de lugnade ner sig på en minut eller två
and then the game began
Och sedan började spelet
Alice had never seen such a curious croquet ground
Alice hade aldrig sett en så märklig krocketplan
the grass was all ridges and furrows
Gräset var bara åsar och fåror
The croquet balls were real hedgehogs
Krocketbollarna var riktiga igelkottar
and the mallets were real flamingos
Och klubborna var riktiga flamingos

and the soldiers stood on their hands and feet
Och soldaterna stod på händer och fötter
because the arches was made from their bodies
eftersom bågarna var gjorda av deras kroppar
The players all played at once
Alla spelare spelade på en gång
nobody waited for their turns
Ingen väntade på sin tur
and everyone quarrelled with everyone
och alla grälade med alla
and all were fighting for the hedgehogs
Och alla slogs om igelkottarna
soon the queen was in a furious passion
Snart befann sig drottningen i en rasande passion
and she started stamping about and shouting
Och hon började stampa omkring och skrika
"Chop off his head!"
"Hugg av hans huvud!"
"Chop off her head!"
"Hugg av hennes huvud!"
"Chop all their heads off!"
"Hugg huvudet av dem alla!"
Again Alice thought to herself
Återigen tänkte Alice för sig själv
"They're dreadfully fond of beheading people here"
"De är fruktansvärt förtjusta i att halshugga folk här"
"the great wonder is that there's anyone left alive!"
"Det stora undret är att det finns någon kvar i livet!"
She was looking about for some way of escape
Hon såg sig om efter någon utväg att fly
she noticed a curious appearance in the air
Hon lade märke till ett underligt utseende i luften
"It's the Cheshire-cat," she said to herself
»Det är Cheshirekatten», sade hon för sig själv
"now I shall have somebody to talk to"
"nu har jag någon att prata med"
"How are you getting on?" said the cat

"Hur står det till?" sa katten
"I don't think they play at all fairly," Alice said
"Jag tycker inte alls att de spelar rättvist", säger Alice
and she had a rather complaining tone
Och hon hade en ganska klagande ton
"they all quarrel so dreadfully"
"De grälar så förfärligt allihop"
"one can't hear oneself speak"
"Man kan inte höra sig själv tala"
"and they don't seem to play by any rules"
"Och de verkar inte spela efter några regler"
the cat asked Alice a question in a low voice
katten ställde en fråga till Alice med låg röst
"How do you like the queen?"
"Vad tycker du om drottningen?"
"I don't like her at all," said Alice
"Jag tycker inte alls om henne", sa Alice

Alice thought she might as well go back
Alice tänkte att hon lika gärna kunde gå tillbaka
she wanted to see how the game was going
Hon ville se hur det gick i matchen
she went off in search of her hedgehog
Hon gav sig iväg på jakt efter sin igelkott
The hedgehog was busy fighting another hedgehog
Igelkotten var upptagen med att slåss mot en annan igelkott
this was an excellent opportunity
Detta var ett utmärkt tillfälle
she could croquet one hedgehog with the other
Hon kunde slå den ena igelkotten med den andra
but her flamingo was on the other side of the garden
Men hennes flamingo var på andra sidan trädgården
the flamingo was rather clumsy
Flamingon var ganska klumpig
her flamingo was trying to fly up into a tree
Hennes flamingo försökte flyga upp i ett träd
She caught the flamingo by the leg
Hon fångade flamingon i benet
and she tucked the flamingo away under her arm
Och hon stoppade undan flamingon under armen
that way the flamingo couldn't escape again
På så sätt kunde flamingon inte fly igen
Just then Alice happened to meet the duchess
Just då råkade Alice träffa hertiginnan
The duchess was now out of prison
Hertiginnan var nu ute ur fängelset
She tucked her arm affectionately under Alice's arm
Hon lade kärleksfullt armen under Alices arm
and then they walked off together
Och sedan gick de iväg tillsammans
Alice was very glad to find her in such a pleasant temper
Alice var mycket glad över att finna henne på ett så behagligt
humör
She was a little startled, however
Hon blev dock lite skrämd

she heard the voice of the duchess close to her ear
Hon hörde hertiginnans röst tätt intill sitt öra
"You're thinking about something, my dear"
"Du tänker på något, min kära"
"and that makes you forget to talk"
"Och det gör att man glömmer att prata"
"The game's going on rather better now," Alice said
"Spelet går bättre nu", sa Alice
it was one way of keeping the conversation going
Det var ett sätt att hålla igång samtalet
"it is so indeed," said the duchess
»Ja, det är så», sade hertiginnan
"and the moral of that is this:"
"Och sensmoralen i det är denna:"
"It is love that does it all!"
"Det är kärleken som gör allt!"
"Love is what makes the world go around"
"Kärlek är det som får världen att gå runt"
Alice had another explanation
Alice hade en annan förklaring
"it's done by everybody minding his own business!"
"Det görs genom att var och en sköter sig själv!"
"Ah, well! You could be right"
"Nåväl! Du kan ha rätt"
"It all means much the same thing," said the Duchess
»Det betyder ungefär samma sak», sade hertiginnan
and she dug her sharp little chin into Alice's shoulder
och hon borrade in sin vassa lilla haka i Alices axel
"and the moral of that is this"
"Och sensmoralen i det är denna"
"Take care of the sense"
"Ta hand om sinnena"
"and then the sounds will take care of themselves"
"Och då kommer ljuden att ta hand om sig själva"
but then the duchess's arm began to tremble
Men då började hertiginnans arm att darra
Alice looked up and there stood the queen

Alice tittade upp och där stod drottningen
the queen had her arms folded
Drottningen stod med armarna i kors
and she was frowning like a thunderstorm!
Och hon rynkade pannan som ett åskväder!
"I give you fair warning," shouted the queen
»Jag ger er en rättvis varning!» ropade drottningen
and she stomped on the ground as she spoke
Och hon stampade i marken medan hon talade
"either your head or her head must be off"
"Antingen ditt huvud eller hennes huvud måste vara av"
"Take your choice!"
"Gör ditt val!"
"and be quick about it"
"Och var snabb med det"
The duchess made her choice
Hertiginnan gjorde sitt val
and within a moment the duchess was gone
Och inom ett ögonblick var hertiginnan borta
Then the queen spoke to Alice
Sedan talade drottningen till Alice
"Let's go on with the game"
"Låt oss fortsätta med spelet"
Alice was too frightened to say a word
Alice var för rädd för att säga ett ord
and she slowly followed her back to the croquet-ground
Och hon följde henne långsamt tillbaka till krocketplatsen
the whole time the queen quarrelled with the other players
Hela tiden grälade damen med de andra spelarna
"Chop off his head!"
"Hugg av hans huvud!"
"Chop off her head!"
"Hugg av hennes huvud!"
"Chop all their heads off!"
"Hugg huvudet av dem alla!"
soon all the players were in custody
Snart var alla spelare häktade

only the king, the queen, and Alice remained
bara kungen, drottningen och Alice stannade kvar
Then the queen left, quite out of breath
Då gick drottningen, alldeles andfådd
and she walked away with Alice
och hon gick iväg med Alice
Alice heard the king quietly say something
Alice hörde kungen tyst säga något
"You are all pardoned"
"Ni är alla benådade"
but suddenly there was another cry heard
Men plötsligt hördes ett nytt rop
"The trial is beginning!"
"Rättegången har börjat!"
and Alice ran along with the others
och Alice sprang tillsammans med de andra

who stole the tarts?
Vem stal tårtorna?

The king and queen of hearts were seated
Hjärter kung och Hjärter Dam satt
they were on their throne when Alice arrived
de satt på sin tron när Alice anlände
there was a great crowd assembled around them
En stor folkmassa hade samlats omkring dem
there were all sorts of little birds and beasts
Där fanns alla möjliga små fåglar och djur
and there was the whole pack of cards
Och där var hela kortleken
the knave was standing in front of them, in chains
Knekten stod framför dem, i kedjor
and there was a soldier on each side to guard him
Och det fanns en soldat på var sida som vaktade honom
near the King was the white rabbit
nära kungen var den vita kaninen
he had a trumpet in one hand
Han hade en trumpet i ena handen
and he had a scroll of parchment in the other hand
Och i den andra handen hade han en pergamentrulle
In the very middle of the court was a table
Längst mitt på gården stod ett bord
on the table was a large dish of tarts
På bordet stod ett stort fat med tårtor
"I wish they'd get the trial done," Alice thought
"Jag önskar att de kunde få rättegången klar", tänkte Alice
"then we could eat some of those refreshments!"
"Då skulle vi kunna äta lite av den där förfriskningen!"

The judge, by the way, was the king
Domaren var förresten kungen
and he wore his crown over his great wig
Och han bar sin krona över sin stora peruk
"That's the jury-box," thought Alice
»Det där är jurybåset», tänkte Alice
"and those twelve creatures, I suppose they are the jurors"
"Och de där tolv varelserna, jag antar att de är
jurymedlemmarna"
some were animals, and some were birds
En del var djur och en del var fåglar
Just then the white rabbit cried out
Just då skrek den vita kaninen till
"Silence in the court!"
"Tystnad i rätten!"
"Herald, read the accusation!" said the king
»Härold, läs anklagelsen!» sade konungen
the white rabbit blew three blasts on the trumpet
Den vita kaninen blåste tre stötar på trumpeten

then he unrolled the parchment-scroll
Sedan rullade han ut pergamentrullen
and he read as follows:
Och han läste följande:
"The queen of hearts, she made some tarts,"
"Hjärter dam, hon gjorde några tårtor"
"All this she did on a summer day"
"Allt detta gjorde hon en sommardag"
"The knave of hearts, he stole those tarts"
"Hjärter, han stal de där tårtorna"
"And he took those tarts far away!"
"Och han tog de där tårtorna långt bort!"
"Call the first witness," said the king
»Kalla det första vittnet», sade konungen
and the white rabbit blew three blasts on the trumpet
och den vita kaninen blåste tre stötar på trumpeten
"bring the first witness!" he called out
»Hit hit det första vittnet!» ropade han
The first witness was the hat maker
Det första vittnet var hattmakaren
he came in with a teacup in one hand
Han kom in med en tekopp i ena handen
and he had a piece of bread and butter in the other hand
Och han hade en bit bröd och smör i den andra handen
"You ought to have finished," said the King
»Du borde ha slutat», sade kungen
"When did you begin?"
"När började du?"
The hat maker looked at the march hare
Hattmakaren tittade på den marscherande haren
the march hare had followed him into the court
Marschharen hade följt honom in på gården
he had walked arm in arm with the dormouse
Han hade gått arm i arm med hasselmusen
"Fourteenth of March, I think it was," he said
»Fjortonde mars, tror jag det var», sade han
"Give your evidence," said the king

»Giv ditt vittnesmål», sade konungen
"and don't be nervous, or I'll have you executed on the spot"
"och var inte nervös, annars ser jag till att du avrättas på
fläcken"
This did not seem to encourage the witness at all
Detta tycktes inte alls uppmuntra vittnet
he kept shifting from one foot to the other
Han flyttade sig hela tiden från den ena foten till den andra
and he looked uneasily at the queen
Och han såg oroligt på drottningen
and, in his confusion, he bit a large piece out of his teacup
Och i sin förvirring bet han ut en stor bit ur sin tekopp
really he meant to bite from his bread and butter
I själva verket tänkte han bita av sitt bröd och smör
Just at this moment Alice felt a very curious sensation
Just i detta ögonblick kände Alice en mycket underlig känsla
she was beginning to grow larger again
Hon började bli större igen
The miserable hat maker dropped his teacup
Den eländige hattmakaren tappade sin tekopp
and the bread and butter fell to the ground
och brödet och smöret föll till marken
and he went down on one knee
Och han föll på knä
"I'm a poor man, your majesty," he began
»Jag är en fattig man, ers majestät», började han
"You're a very poor speaker," said the king
»Du är en mycket dålig talare», sade kungen
"You may go," said the king
»Du får gå», sade konungen
and the hat maker hurriedly left the court
Och hattmakaren lämnade hastigt gården
"Call the next witness!" said the king
»Kalla nästa vittne!» sade konungen
The next witness was the duchess's cook
Nästa vittne var hertiginnans kokerska
She carried the pepper-box in her hand

Hon bar pepparlådan i handen
and the people near the door began sneezing all at once
Och människorna vid dörren började nysa på en gång
"Give your evidence," said the king
»Giv ditt vittnesmål», sade konungen
"I shall give no evidence," said the cook
»Jag skall inte avge några bevis», sade kokerskan
The king looked anxiously at the white rabbit
Kungen såg ängsligt på den vita kaninen
and the white rabbit spoke in a quiet voice
Och den vita kaninen talade med lugn röst
"your majesty must cross-examine this witness"
"Ers Majestät måste korsförhöra detta vittne"
"Well, if I must, I must," the king said
»Ja, om jag måste, så måste jag», sade konungen
"What are tarts made of?"
"Vad är tårtor gjorda av?"
"tarts are made of pepper, mostly," said the cook
"Tårtor är gjorda av peppar, för det mesta", sa kocken
For some minutes the whole court was in confusion
Under några minuter var hela domstolen i förvirring
eventually they all settled down again
Till slut lugnade de alla ner sig igen
but by then the cook had disappeared
Men då var kocken försvunnen
"Never mind!" said the king
»Det gör detsamma!» sade konungen
"call to the stand the next witness"
"Kalla nästa vittne till vittnet"
Alice watched the white rabbit as he fumbled over the list
Alice tittade på den vita kaninen när han fumlade över listan
you can imagine her surprise at what she heard next
Du kan föreställa dig hennes förvåning över vad hon fick höra
härnäst
at the top of his shrill little voice, he called the name "Alice!"
med sin gälla lilla röst ropade han namnet "Alice!"

Alice's evidence
Alices vittnesmål

"Here!" cried Alice
»Här!» ropade Alice
She jumped up in a great hurry
Hon hoppade upp i stor hast
and she tipped over the jury-box
och hon välte omkull jurybåset
and she knocked over all the jurymen
Och hon knuffade omkull alla nämndemännen
and they fell on to the heads of the crowd below
Och de föllo ned på folkhopens huvuden nedanför
Alice was in great dismay
Alice var mycket bestört
"Oh, I beg your pardon!" she exclaimed
»Åh, jag ber om ursäkt!» utbrast hon
"The trial cannot proceed," said the king
»Rättegången kan icke fortsätta», sade konungen
"the jurymen must get back in their proper places"
"Jurymännen måste komma tillbaka till sina rätta platser"
he repeated the order with great emphasis
Han upprepade ordern med stort eftertryck
and he looked at Alice sternly
och han såg strängt på Alice
"What do you know about these events?" the king asked Alice
"Vad vet du om de här händelserna?" frågade kungen Alice
"I know nothing on the subject," said Alice
»Jag vet ingenting om saken», sade Alice
The king then read from his book
Kungen läste sedan ur sin bok
"Rule forty two"
"Regel fyrtiotvå"
"All persons more than a mile high are to leave the court"
"Alla personer som är mer än en mil höga ska lämna gården"
"I'm not a mile high," said Alice
»Jag är inte en mil hög», sade Alice

"Nearly two miles high," said the Queen
»Nästan två mil högt», sade drottningen

"Well, I refuse to go," said Alice
"Jag vägrar att gå", sa Alice
The king turned pale
Kungen bleknade
and he shut his note-book hastily
Och han slog hastigt igen sin anteckningsbok
"Consider your verdict," he said to the jury
"Tänk på er dom", sa han till juryn
he spoke in a low, trembling voice
Han talade med låg, darrande röst
then the white rabbit spoke
Då talade den vita kaninen
"There's more evidence to come yet"
"Det finns fler bevis att komma ännu"
and he jumped up in a great hurry
Och han hoppade upp i stor hast
"This paper has just been picked up"

"Det här pappret har precis plockats upp"
"It seems to be a letter written by the prisoner"
"Det verkar vara ett brev skrivet av fången"
He unfolded the paper as he spoke
Han vecklade ut papperet medan han talade
"It isn't a letter, after all"
"Det är ju inte ett brev"
"what it was was a set of verses"
"Det var en uppsättning verser"
"Please, your majesty," said the knave
»Snälla, ers majestät», sade knekten
"I didn't write those verses"
"Jag skrev inte de där verserna"
"and they can't prove that I wrote anything"
"och de kan inte bevisa att jag skrev något"
"there's no name signed at the end"
"Det finns inget namn undertecknat i slutet"
the king spoke to the knave
Konungen talade till knekten
"You must have meant to cause some mischief"
"Du måste ha haft för avsikt att ställa till med något ofog"
"else you'd have signed your name like an honest man"
"Annars skulle du ha skrivit ditt namn som en ärlig man"
There was a general clapping of hands
Det hördes en allmän handklappning
and the king turned to the white rabbit
Och kungen vände sig till den vita kaninen
"Read the verses," he ordered
"Läs verserna", beordrade han
There was dead silence in the court
Det var dödstyst i rättssalen
and the white rabbit read out the verses
och den vita kaninen läste upp verserna
They told me you had been to her
De sa att du hade varit hos henne
And they mentioned me to him
Och de nämnde mig för honom

She gave me a good character
Hon gav mig en bra karaktär
But she said I could not swim
Men hon sa att jag inte kunde simma
He sent them word I had not gone
Han sände dem bud om att jag inte hade gått
We know it to be true
Vi vet att det är sant
If she should push the matter on, what would become of you?
Om hon skulle driva frågan vidare, vad skulle det då bli av dig?
I gave her one, they gave him two
Jag gav henne en, de gav honom två
You gave us three or more
Du gav oss tre eller fler
They all returned from him to you
De har alla vänt tillbaka från honom till dig
although they were mine before
trots att de var mina förut
If I or she should chance to be
Om jag eller hon skulle råka bli det
If I or she were involved in this affair
Om jag eller hon var inblandad i den här affären
He trusts to you to set them free
Han litar på att du ska befria dem
Exactly as we were
Precis som vi var
My notion was that you had been
Min föreställning var att du hade varit
Before she had this fit
Innan fick hon det här anfallet
An obstacle that came between
Ett hinder som kom emellan
Him, and ourselves, and it
Honom, och oss själva, och det
Don't let him know she liked them best

Låt honom inte veta att hon gillade dem bäst
For this must for ever be a secret, kept from all the rest
Ty detta måste för alltid vara en hemlighet, hemlig för allt det andra
This secret must remain a secret between yourself and me
Denna hemlighet måste förbli en hemlighet mellan dig och mig
the king was very impressed
Kungen var mycket imponerad
"That's the most important piece of evidence we've heard yet"
"Det är det viktigaste beviset vi har hört hittills"
"I don't believe those verses carry an atom of meaning," objected Alice
"Jag tror inte att de där verserna har en atom av mening", invände Alice
the King had his own opinion on the matter
Kungen hade sin egen åsikt i frågan
"If there's no meaning in those words, that saves a world of trouble"
"Om det inte finns någon mening med de orden, sparar det en värld av problem"
"then we needn't try to find the meaning"
"Då behöver vi inte försöka hitta meningen"
"Let the jury consider their verdict"
"Låt juryn överväga sin dom"
"No, no!" said the queen
»Nej, nej!» sade drottningen
"Sentencing first—verdict afterwards"
"Dom först – dom sedan"
"Stuff and nonsense!" said Alice loudly
"Struntprat!" sa Alice högt
"how silly it is to sentence the defendant first!"
"Hur dumt är det inte att döma den tilltalade först!"

"Hold your tongue!" said the queen, turning purple
»Håll tyst!» sade drottningen och blev purpurröd
"I will not hold my tongue!" said Alice
"Jag tänker inte tiga!" sa Alice
the queen shouted at the top of her voice
skrek drottningen så högt hon kunde
"chop off her head!"
"Hugg av hennes huvud!"
Nobody made a movement
Ingen gjorde en rörelse
"Who cares what you say?" said Alice
"Vem bryr sig om vad du säger?" sa Alice
she had grown to her full size by this time
Hon hade vuxit till sin fulla storlek vid det här laget
"You're nothing but a pack of cards!"
"Du är inget annat än en kortlek!"
At this, all the cards rose up in the air
Då flög alla korten upp i luften
and all the cards came flying down upon her

och alla korten flögo ned över henne
she gave a little scream
Hon gav till ett litet skrik
she was half afraid, but also angry
Hon var halvt rädd, men också arg
and she tried to fight the cards off of herself
Och hon försökte kämpa bort korten från sig själv
and then she found herself lying on the grass bank
Och så fann hon sig själv liggande på gräsvallen
her head was in the lap of her sister
Hennes huvud låg i knät på hennes syster
some dead leaves had landed on her face
Några döda löv hade landat på hennes ansikte
and her sister was gently brushing the leaves away
och hennes syster borstade försiktigt bort löven
"Wake up, Alice dear!" said her sister
»Vakna, kära Alice!» sade hennes syster
"what a long sleep you've had!"
"Vilken lång sömn du har haft!"
"Oh, I've had such a curious dream!" said Alice
"Åh, jag har haft en så underlig dröm!" sa Alice
And she told her sister all she could remember
Och hon berättade för sin syster allt hon kunde komma ihåg
all the strange adventures that you have just been reading about
alla märkliga äventyr som du just har läst om
Alice got up and ran off
Alice reste sig och sprang iväg
and she thought, while she ran, about her dream
Och medan hon sprang tänkte hon på sin dröm
"what a wonderful dream it had been!"
"Vilken underbar dröm det hade varit!"

9 781835 667316